文芸社セレクション

ミルキーの夏の思い出

岡部 邦夫

文芸社

まえがき

昭和三十年（一九五五年）頃、家庭で飼《か》われている犬は放し飼いであった。此の頃、子供の苛《いじ》めの問題も出始めつつあった。其処で希望や理想を抱く子供達の社会生活や環境に対する態度と心の持ち方、姿勢について考えてみた。

惑《まど》わぬ生き方とは己を信じ、自分自身を愛せる人間になる様努力する事で、法度《はっと》を重んじ、規範に則り、事に当っては興味を持って臨み、仲間には真心を持って接すれば自ずと探り当てる事ができる。

生物の本能は戦う事にあり、人間の身体を巡回《じゅんかい》して居る血液には抗体があり、人間の思考に関係なく外敵に対して戦いを挑《いど》み、身体を防御《ぼうぎょ》する。苛めに対してどの様に対処すれば良いのだろうか。

目次

公園で

小鳥の声と共に僕は目覚めた。八月のある朝、学校は夏休みである。太陽が顔を出し、暗闇が薄らぎ、軒先より緑に覆われた屋外の木々がぼんやり其の姿を現し始めた。

遠くで自転車の軋《きし》む音がする。今日も新聞配達が始まり、一日が始まる。我家の住人は未だ誰も起きて居ない。昨日の疲れを取っているのか。朝起きるには時間が早過ぎ、日中の暑さと戦う活力を蓄え、備えの準備をしているのか、毛布にくるまって寝ている。夏とはいえ早朝は寒いのである。

遠くで挨拶を交わしているのか、犬の鳴き声がする。僕は散歩に出掛ける事にした。昼間と夜の温度差が激しいのか、朝露が僕の足を濡らす。空気も冷たいが旨《うま》い。清々《すがすが》しい気分に浸《ひた》る。

家から数キロ離れた頃には空は薄く青澄み、雲が弾《はじ》け、押し流され、雲間から光が僕を照らす。

僕の生まれは定かでは無い。何時の日か此処《ここ》の場所に居る。太郎ちゃんが赤ん坊の僕を家に連れて来たとの事。家の人は僕の事を「ミルキー」と呼ぶ。どうやら僕は犬と言う種類に属する動物らしい。僕の家族は父母と二人の子供と僕の五人暮し、僕以外は人間である。父母は僕の事を家の子供よ、と近所の人に紹介し、太郎ちゃんや次郎ちゃんと同様に優しく色々と世話をしてくれる。僕が太郎ちゃんや次郎ちゃんと喧《けん》嘩《か》になると、太郎ちゃんや次郎ちゃんを叱《しか》る。本当に僕を可愛がってくれる父母である。その早起き母も今日は未だ寝床から出た気配が感じられない、隣や近所の家々も未だ寝床から起きた様子が感じられない早朝の静けさである。

公園までは二キロの道程《みちのり》である。今日も見慣れた木々の間を通って公園に通じる道路まで来ると、一台の自家用車が僕の真横を勢いよく走り過ぎた。思わず仰《の》け反《ぞ》り〝ヒヤッ〟と、呉々《くれぐれ》も注意が必要である。自分に言い聞かせ、気を取り戻し恐る恐る歩を出す。日中の混雑と違い路上の車も疎《まば》らで、見通しがきき、走る車にも一段とスピードが増す。レーサーの様なその運転振りに思わず足が竦《すく》む。少しのミスでも、何時事故が起きるか、大事故に繋《つな》がり兼ねない恐怖に駆られる。

道路に沿って歩いていると、高さ二メートル位の正木の垣根越しに柿の木が赤味を帯び沢山の実を付け、風も無いのに静かに揺れている。時折実が太陽の光に当り白く輝く。もう一、二ヶ月もすると完全に実が熟し、果物としての魅力を充分発揮する。僕は食べ無いが母は大好物である。最近では自宅の庭に生《な》る柿の実は余り食べる人が少ないらしく、何時までも木にぶら下がり、小鳥の餌になる。食用として植えられているので無く、豊潤を目にし、楽しませる花の役目である様だ。

その前方で新聞屋さんが勢《いきお》い良く自転車を駆って、ポストに新聞を投函している。活気があり気持がいい。竹の垣根越しには黄色い〝タンポポ〟が、太陽に向かって花弁を開こうとしているのが目に入った。背が低いが地面に張り出し、向日葵の様に力強い。日中の暑い太陽に向う姿は父の意気そのものの様に見える。

公園に到着すると、外周には早くもマラソンをしている人達がいる。学生、社会人、男女の姿があり年寄りは散歩しながら道会う人と挨拶を交《か》わしている。皆日課にして居るのか、顔見知りが多い様だ。それ等の人達の服装も様々で、スポーツウェアあり、普段着あり、赤・緑・青紫などの原色もあれば色々な色彩感覚に富んだ衣服もある。活動的普段着も好い。皆お気に入りの衣服に身を纏い御洒落《おしゃれ》を謳歌している。僕の母の洋服も何時も綺麗で魅力的で快適である。よく僕を連れ出し歩いてくれるが、今は僕独りの散歩である。

公園の花壇には何時も綺麗な花が、四季を通じて咲いている。いま此処《ここ》には、赤く繊細《せんさい》な花弁を付けたヒガンバナや、白いキキョウの花が道行く人を和《なご》ませている。その花壇の横に椅子が並べてあり、散歩途中のお年寄り達の憩いの場所がある。今もタオルを首に掛けているお年寄りが、横に座っているお婆さん相手に話し掛けている。

「最近校内暴力の話題が持ち上がらないが。治まったのかね。先生が生徒に行なう体罰も事に依《よ》ったら必要だと思うのだが、如何《どう》したものかね。反抗期に臨んでの対処は先生にとって大変な事だと思うよ」

その問いに咳込みながらお婆さんが、

「嫌《いや》だよ。言う事を利かせるための圧力で抑える、屈服させる手段として、暴力を使う事は与太者の行なう事で、真面目人間の生活態度では無いよ」

と眉をひそめての反論である。苦笑して聴《き》いていたお爺さんだったが納得できずに。

「然《しか》し乍《なが》ら学校の規則とか、社会の決まり、社会の習慣などを守らせるためには罰則が必要で、言葉で注意しても容易に守って貰《もら》えずに悪業が得をする習慣が蔓延《はびこ》り、悪い習慣が法律、規範は悪の温床《おんしょう》という考え方が生まれるよ。規制されるよりは規則に関係なく自由自在に、遣《や》りたい放題、勝手気儘《まま》な行動に移した方が利口者であるという考え方が生まれて忠告しても効かず、その手段として怒る事も罰則も駄目なら規則を守らせる方法が無い。最近では自分が苛《いじ》められるのが怖《こわ》いので、常に自分より弱い、苛められる相手を捜し、仲間を作る。ボケ、カスなどの暴言を浴びせる。暴挙な行い。携帯電話に悪口などを書込み困惑させる、飲み物を故意にこぼす、セクハラ行為をしたり、侮蔑《ぶべつ》的なあだ名で呼ぶなどの不法、不正な行為が横行するよ」

その話に口を尖《とが》らせ、聞いていたお婆さんだったが、真剣な面持ちで。

「でも規則にズレが発生していたら如何《いかが》だろうか。昔の規則が日進月歩している時代に沿わない事も在《あ》ると思う。暴力で屈服《くっぷく》させるのは矢張り悪い事だと。話し合いによる民主的な解決が尤《もっと》も適した方法だよ」

と、尚も強い口調である。だがお爺さんは煙草を出し、火を付けながら納得を得ようと語り掛けた。

「そうかも知れないが、法律は大多数の意見に基づいて作られた物であり、その規則にまず従ってこそ規律が守られ、安心して生活出来るのではないのかね。違反者を取り締るのは警察官の仕事だが、一種の暴力によってはみ出した人間を押え込み、繰り返さない為《ため》に罰則を設けて、どっちが得をするか判断させ、二度と間違いが起きない様に規制するのが法律だと思う。違反者が得なら違反する事が法律に成るし、悪人になれ、善人は罰する法律に成ってしまうよ。先生が生徒に体罰を与えるのは、規律を守らせる当り前の事だと思うが如何だろう」

眉を顰《しか》めながらも聞き入っていたお婆さんだったが。

「教育者の暴力は絶対におかしいよ」

と尚も強く反論する、それに対してお爺さんは優しく話し掛けた。

「暴力に代わる手段で違反者が得しない方法があれば良いと思う。しかし結局それも法律だよ。先生も警察官も法律という枠の中で法律を守らせてこそ教育者とか警察官であり、法律という枠が無ければ教育者も警察官も存在しない。我が子可愛さに学校の体罰はいけないとは、悪い事のため、犯罪を行なう為の知識を得る学校教育に成ってしまう。最近経済制裁との言葉を良く耳にするが、それは経済的孤立化など狙う国家間の制裁であって、国際間の交流を止める村八分処置の事である。学校内では友達関係を絶つ、独りぽっち孤独をもたらし、苛《いじ》めを増長する、自殺や残忍な犯罪に追い遣る事にも為り兼ねないよ」

お爺さんは和らいだお婆さんの顔色を伺《うかが》いながら好い心持ちで、尚も喋り続けていた。

僕が思うに規則を守らせる為には違反者に償《つぐな》いが必要で、時には暴力も必要になる。体罰も経済制裁も〝きちんと〟相手と話し合い、納得した後でないと、守らせる側に犯罪を犯す恐れがでる。国家とは法律を作り、守らせる事で大多数の生活の安泰を図り、身体や財産を守る治安維持である。生活する為には自分の存在を守る本能があるし、仮に悪い事と知っていながら存続のためには、已むをえないとの考え方など、生存権と法律とにおける葛藤《かっとう》が生ずる。併《しか》し人間の本質は意志が働かなくとも身体を守るには、外敵である〝ばい菌〟などに対し、血液に白血球が有る様に、悪から身を守る手立てがある筈《はず》であると感じた。

その場所から離れ、少し駆け足する事にした。最近の道路はアスファルトで出来ているので足に衝撃を与え、足首や足の裏に負担を掛け過ぎ、軟骨々折や炎症などの障害を来たす恐れがある。靴を履かぬ僕としては注意せねばならぬ。

今、僕の横を大学生が規則正しいステップで走り過ぎた。運動着姿で、駅伝競走に参加しているマラソン選手の様である。その後に続き軽く流して走る僕も、運動選手に見られるかも知れない。

犬にも駆け足競争はある。勝負事に金品を出し合い、勝った者が受け取る賭けの競争である。瞬発力が左右する競技である。それと異なり、今の僕の走り方は体力に合った走りなので、マラソン向きのステップである。坂道下りには足の関節を曲げ対処し、走向を調節する走り方である。

道路に沿って前に進むと、運動場の建物や沿道の〝つつじ〟の木々が途絶え、突然開けた広場に出た。芝生が敷かれた広場の片隅には桜の木が数本、今は花も無い青々とした葉に覆われ立っている。その横で大学生が体操をしている姿が目に留まった。「イチニ、イチニ」や手足を力強く伸ばし、身体を上下に曲げ、首を回転させている姿に誘われた僕は、思わず大学生の傍に寄り、大学生の掛け声に合わせ体操に参加した。横で体操している僕の姿を意識したのか、笑いながら先導してくれるその学生の顔には水玉の汗が滲《にじ》み出て、光に反射し輝いている。空を見上げると、雲が開け、所々澄み透る青さが顔を出し、太陽が僕を照らす。柔軟体操が終ったのだろうか、夕オルで顔を拭《ふ》きながら軽い動作に移った大学生は、僕に手を振り、其の場所から立ち退き歩き出した。僕もその場を後にして、その大学生の歩く方向に沿って歩く事にした。空には鳩が青空を満喫するが如く、朝日を浴びて羽根を広げ羽撃いている。八月の朝は太陽も早起きで威勢がいいのである。

マッバボタンなどの草花が咲き乱れる沿道に沿って歩いていると、お婆さんが僕の方を見て手招きしている姿が目に入った。どうも自分の家の犬と間違え、呼んでいる様である。傍に近寄ると、頭を撫《な》でて体を擦《さす》り、手には菓子が握られ僕に差し出す。初めには躊躇《ためら》った僕ではあるが催促され、必要以上に勧める行為に、先礼が無い様、そのお菓子を頂戴する事にした。甘い味のビスケットである。空に飛び交う鳩も僕の行動を察知して舞下り、僕の周りに付き纏《まと》って、ビスケットの要求である。豆と違い恐怖は感じられ無いまでも、鳩の求めは凶暴である。優しいお婆さんは鳩にもビスケットを与えながら鳩の食べる仕草を見、顔を誇らばせ〝ニコニコ〟させながら僕に話し掛ける。僕にはさっぱり分らないお婆さん家の話である。ビスケットを食べさせて貰っている関係上、黙ってその話に耳を傾け頷《うなず》く事にした。どうやら朝寝坊のお爺さんが此の場所に居ない経緯を述べているらしい。愚図で鈍麻で面倒臭がり屋で、その上、理屈屋のお爺さんの悪口である。ビスケットも残り少なくなり、僕の喉《のど》が渇《かわ》いたので心から感謝し、その場から離れる事にした。

数メートル離れた先で、僕に似た犬がお婆さんに向かって尻尾を振り振り近付いて来るのに出会った。どうやら其の犬と、僕とを見間違えたお婆さんが、ビスケットを僕に食べさせて呉れたらしい。偶《たま》には間違えられ、美味しい食べ物を頂くのも悪い気がしないと思わず頷《うなず》いた。

歩きながら大気を胸いっぱい吸い込んでみたら、清らかな好い気分に浸る事ができた。大気が生きる活力を生むのだ。其の空気の振動が音であると、以前誰かに教わった記憶《きおく》がある。言葉の発音は、体内から空気が外気に触れる時に起こるらしい。口を上下左右に曲げ、舌を振動させる事にもあるが、一番大切なポイントは息を体外に出す時、出す息の調節と、舌の振動にあるらしい。舌の移動が上手に行なえなくとも、息の出し方さえ研究すれば、人間の様にお喋り出来るのかも知れない。口を開き練習してみたが涎《よだれ》が流れるだけで上手に声を出す事が出来ない。顎《あご》が疲れ、喉《のど》の渇《かわ》きを覚えて来たので水を飲み、再度挑戦する事にした。人間の様に言葉を交《か》わし、「カラオケ」などで歌を歌えたら嘸《さぞ》かし楽しいであろうと思い、度々挑戦するのだが未だ達成できないで居る。吠える事で相手に知らしめす犬の声には種類が少なく、多くを語る事が不可能である。尻尾を振って喜びを、声を強くして吠える事により訴えを、そして怒りを表現している。人間との言葉の障壁で意志の疎通が図《はか》らえずに噛み付く犬でさえいる。一度噛み付く事を覚えると癖となり、噛み付く習慣に取り付かれる。人間の与太者が行なう暴力と同じ行為である。人間の様にお喋りが出来たら、人間とより仲好くする事も可能で、歌も歌えるのだ。頑張ろう、水で喉《のど》を潤し再度挑戦し、口を少し開いて息を出す練習をして居ると、幼稚園に通っている子供であろうか、僕の前に座り込み僕と同じ様に口を開き〝ハア、ハア〟息を出し、発声練習の稽古を始めた。僕の声が出ないのを見て、真剣な面持ちで、自分が先生であるかの様に口を開き息を出し、発声の仕方を僕に教えて呉《く》れる。数十回繰り返した後、その子供は僕の頭を〝ポカポカ〟と叩き愚図《ぐず》り、怒り出してしまった。僕は慌てて其の場から立ち退く事にした。

モンシロ蝶が飛んでいる。羽根をばたつかせ風に乗って右往左往。楽しんで花を求め飛ぶ姿は、リズムに合わせ、ダンスしている様にも見え華麗《かれい》である。僕も仲間に入り跳び跳ねた。蝶は吃驚《びっくり》したのか、必要以上に羽根をばたつかせ〝ジグザグ〟飛んで僕から遠ざかる素振《そぶ》りを見せたが、やがてスピードを緩め、僕の周りを旋回し羽撃《はばた》きながら花のある方向にと飛び出した。僕も其れに遅れないと後に続く。僕が力強くジャンプすると、時々蝶の体に触れ、蝶を慌てさせるが下に落ちたりはしない。其のうち僕の頭の天辺に止まり、羽根を休め始めた。僕は得意になって蝶を乗せ、綺麗な花が咲いている花壇に向かって静かに歩き始めた。暫くすると蝶が頭の上からずり落ち、鼻の横に留まり、僕の目を覆い始めた。吃驚《びっくり》して立ち止まるが、今度は蝶の方が容赦なく羽撃き始めた。目隠しされては真直ぐ歩く事も儘《まま》ならず、前方の様子も分らず、ただ感覚に頼って足を運ぶしか無い。其の内縁石に足を取られ、柵に頭を打ち付け転倒してしまった。蝶の方は何事も無かった様に、平然と僕の方を振り返りながら飛び去ってしまう。僕は其の場に座り込み、暫し体勢を整える事にした。

暫くしてから前方に休憩所があるのに気が付いた。憩いの場所として長椅子が三つ置いてある。僕も皆が笑う其の場所で散歩の疲れを癒す事にした。屋根の無い其の場所は日中さぞ《さぞ》嘸かし暑いであろう。今は未だ早朝なので陽の光も弱く、因《よ》って体を休める絶好の場所である。休んでいると、時折微風が顔を擦る心地好い気分に浸る。此の場所で椅子に凭《もた》れ掛り今、二十歳前後の学生さん達がお喋りを始めた。

「古代よりあらゆる生物や無生物には霊魂《れいこん》または精霊が宿《やど》り、その宿り場を自由に離れることが出来ると由《ゆう》との考え方がある。神道に於いては仏教・キリスト教と異なり、現世の活動を重んじて生活が発展することを尊び、神と人間との関係に於いて宗教が存在するのでは無く、何処までも人間自身に根差す人間の生き方を問題とする所にあり、仏教は人生の不安（苦）を克服して確固不動の心（不動心）を作る事を目的として、其れによって人間真実の生き方を発見して充実した人生を送る事。人生の苦悩解決を求めて、真実の生き方を見付ける事それが悟《さと》りで、こう生きるべき、生き方を解いた人が「メシア」である。其れより出発した宗教とは、その時代の生き方を解いた人を敬《うやま》う形で発展したもので、仏像の表現を成すものは「釈迦」の像で、超人間的人格を象徴する為の像である。ギリシャなどの像に於いては理想の肉体を作《な》す。宗教に於《お》ける仏像には魂が宿るとされていて、信仰の対象とされている」（参考文献より）

そこまで喋くり続けた其の男性は口篭《くちご》もってしまった。傍にいた凸レンズの凄い眼鏡を掛けた女性が急に立ち上がり、得意気に其の続きを喋くり始めた。

「充実した生き方にも色々あります。昔から今日に至る経験の積み重ねを、両親や先輩達から教わり、本などの色々な宗教の教典もあり、その助けや助言を自分自身に生かして、自分に合った生活をする事が大切だと思います（悟《さと》り）。しかし行政のあり方、政治運営により会社や学校教育など、その考え方に違いが発生します。たとえば社会主義は生産手段の社会的所有を土台とする。文化的に有能な専門家の指導の下《もと》に、能率的な国内市場を整え、大量生産型の行政を行い、平等と繁栄をもたらす豊かな生活を願った。が実際には権力格差による貧困と腐敗をもたらし、指導層に対する人格が信じられ無くなり、希望に満ちた体制を求めて崩壊した。文化とは総ての人がその恩恵に与《あずか》る。テレビジョンの普及など広く行き渡り、国民生活が豊かになる事で、一部の特権階級だけの私有では無い。

信じ合える社会とは仏教の教えであれ、神道であれ助け合いの精神で、集団の中の個人のあり方が問題なのです。大切な事は集団生活のあり方であり、その集団が部族であり、宗教団体であり、地域などの行政もある。宗教に罰則がある様に国内的には法的秩序があり、国際的には秩序を保つ可《べ》く機能として〝軍事力〟や財政などの〝変動相場制〟や、経済制裁などの抑止力が働くのです」（参考文献より）

僕が思うに、価値観とは本来主観的な幸《さいわ》いの量であるが、環境により対外的な感情に左右され、大多数の賛同により決定される。生活とは〝衣・食・住〟から出発するが精神的なものがそこに含まれる。自ら選ぶ権利とは宗教であれ法律であれ、団体生活を営む秩序の内で行われる物で、決まりは結び付きの手段である。宗教とは自分の力では解決出来ない事に対する信仰（信頼の心）の力に因《よ》って解決しようとする意志や感情の表われで、神様は真心を持って信仰する人に対し導き手助けをして下さるが、その反面《はんめん》罪に対して罰を与える。仏教であれキリスト教であれ、行動の責任は自分自身に降《ふ》り懸《かか》る。神は自ら幸《さいわ》いを求める者を望み、物事に愛情を傾けようといっておられる。幸いは環境により左右され、そこから生まれ出るもので、自分と他との調和が必要であると僕は思った。

疲れたので目を別な場所に移したら、先程から僕を意識し、睨《にら》んでいたお婆さんに抱っこされて居る猫は、今では気持好さそうに寝ている。時々首を振るのは「ハエ」が顔の周りに留まるからである。レーダーの様なヒゲをピンと張り出し、前後に振る様子は自分を誇示した威張った素振りを漂わせて居る。八十歳前後であろうか、そのお婆さんの洋服は茶色の柄の縞《しま》模様で、三毛猫にマッチした揃《そろ》いの色合いである。椅子に腰掛ている其のお婆さんも何時の間にか頭を垂れ下げ寝ている様で、時々頭を上下に振る。邪魔せぬ様僕は其の場を後にし、少し歩く事にした。

公園の中には色々の山野草の花が咲いている。青紫色の「ヒメシャガ」。淡いピンク色の「ヒメサユリ」。白さぎが飛んでいる形をしたランである「サギソウ」など散歩する人の目を和ませ楽しませてくれる。その横を通り過ぎ様とした瞬間、僕の前に蜂が飛び出し、行く手を塞いだ。少し後退りし、右側に体を移動しながら頭を下げ、その場所から立ち去ろうと試《こころ》みた。数メートル歩いた後頭を上げると、まだ蜂は僕から去らず、今度は顔の周りを回り目の脇に留まって羽をばたつかせて居る。「脚長蜂」である。吃驚《びっくり》した僕は走り出して風の勢いを借り、何とか蜂を追い払おうと試みたが蜂はなかなか立ち去ろうとせず、鼻の先端に留まって、僕の様子を窺っている。僕は体を伸ばした蜂が恐ろしくて立ち竦《すく》んだ。

「脚長蜂は蜜蜂《みつばち》や蟻類と同じく社会生活を営み、女王蜂や王蜂・働き蜂・兵蜂がいる。蜂の仲間には社会生活をしない蜂も居る。刺《さ》されると大きな動物でさえ死に至らしめる種類もあるらしい。刺すのは雌蜂である」（参考文献より）

今僕の鼻先に留まっている蜂も雌蜂らしくお尻から針を出す素振りをしている。たまらなくなった僕は、前より増して速く走ったが蜂は僕から離れず、鼻先を刺した。僕は鼻先が痛いのと、その恐怖心で思わず立ち止まり座り込んでしまった。何故僕の足で蜂を払わなかったのか悔み、自分の勇気無《な》さを嘆いた。今度この様な事が起きたならば焦《あせ》らず対処しようと心に誓い、気を取り戻し立ち上がった。大分遅くなったので、近道をして家に帰る事にした。

沿道の柵を潜《もぐ》り、花壇に足を踏み込まぬ様外囲《そとかこ》いの縁《ふち》を歩き先方の道筋へと向かった。奥に行くに従い雑草が生い茂り僕の体を擽《くすぐ》る。それにもめげずに立ち向かっての奮闘振りは、勇ましくさえ感じさせる。外側との境には杭《くい》が打ち据《す》えてあり、鉄線が張られてある筈である。其れを潜れば帰り道に通じる外道《そとみち》に到達するのだ。前方に雑草の密集があり、それに踏み込んでみた。その瞬間、僕の体は空を切って落下。猫の様には宙返りできずに、肩を地面に強く打ち据えてしまった。幸い骨には異常は無いらしい。「ズキズキ」痛む体を労《いたわ》り、暫く此処で休む事にした。

もう太陽はすっかり昇り、青々と澄み通った空には幾つかの雲が浮かび、色々な形を表現している。キリン在り、ゾウ在り、ライオンや怪獣、そして僕の様な形をした犬の雲が浮かび、それが時間と共に姿を変える。優しく微笑む〝母ちゃん〟の顔も現れた。その顔を追い求め暫し見蕩《みと》れ、傷の痛みを癒《いや》した。

「僕が考えるに、皆其々《それぞれ》の生き方に従って生きて居るが、環境により、夢や希望によって其の生き方が違う。〝インテリ〟昔風に言えば読み書き算盤《そろばん》、物の量を沢山記憶する事だけでは無く、そこに感情が入る。文化とは世の中が開け生活が便利になる。情報を得る手段として誰でもテレビが持てる、コンピューターを使用している事である。併《しか》し家庭であれ、職場であれ、自分も他人も共に存在を認めて貰《もら》わねば、存在価値が無いので自殺志向に走る。自殺は社会秩序を乱す。学校での〝いじめ〟や体罰を考えるに、義務教育の場で格闘技を授業時間に取り入れ、国語や算数同様に必修科目にしたら如何な物であろうか。暴力はいけない一点張りでは暴力は無くならず、其の上、他人の痛さが理解できずに怪我や残忍、残虐行為の手段に使われ兼ねない。他人の痛さを防ぐ温かい心から愛情が育つ物である。昭和三十年頃までの学校では相撲が授業に取り入れられたり、喧嘩も在り、他人の痛さを知る機会に触れ、殴り方や殴られ方に熟知し、矢鱈《やたら》に怪我にまで発展する事も少なく、加減しての遣《や》り取《と》りもあり、愛情の心も在った。又いけない事は怒られる事で在ると理解する事から出発しているので、他人に注意されても憤慨する事も無かった。偉い人、強い人なら悪い事を行っても良い習慣は、悪い者勝ちで、所詮犯罪競争を増長させているに過ぎない。身分が高い偉い人なら悪い行為を行わず、模範行為に徹するべきである。親に似ぬ子は鬼子。子供は親の背中を見て生きて居ると頼《たよ》られる程、親の行動に左右される物である。愛情の無い、人格や人権を傷付ける事の体罰は避けるべきで、大勢の面前で恥をかく事は経験として自分自身の励みとし受け止め、自身の志向を見詰め直す、人間性の形成に努める可《べ》きである」

遅くなったので早足で家に向かった。途中小学生の集団に出会った。夏休みともなると、子供達も何時もとは違い充分余裕を持って遊びに耽《ふけ》る。何時もは学校の帰りが遅いし、学習塾など勉強に追われ、遊ぶ暇さえない生活を強いている。偶《たま》にあっても長時間遊びに向ける暇が無い、勉強中心の日課である。近所に住んでいても顔見知り程度で、遊び仲間としての意識も無いであろう。学校で休み時間を利用しての友達付合い等、遊び仲間がいるのなら幸《さいわ》いである。何故なら遊びを通しての社会勉強も必要だからである。協調性や協力性・反省・努力・喧嘩《けんか》や挫折感など、読書によらぬ実際肌《はだ》で直面しての試行錯誤が味わえるからである。但し仲良し友達により自分の行くべき道〝取捨選択〟が左右され、考え方や方向付けが為《な》される場合が多いので、友達の選び方には注意しなければならない。小学生の頃から自分は何を為すべきか、どの様な人生を送るのか、確《しっか》りした方向付けが為されていなければ、間違った方向に走り、間違った悪行に走り、間違った性格が備わってしまう。真面目で勉強好きな人を友達に持ち、偉人《いじん》の伝記を読み、多くを見聞きし、目上の人に相談した上で自分の道を捜し、それ等を基礎にした日常生活を送れば、自ら、自分を見失う事は無いと思う。今は夏休み、勉強時間を割いての長い時間遊びに向ける事が出来る絶好の挑戦チャンスである。

其の小学生の集団は対話しながらふざけ、肩を小突いて追い掛けっこ、躓《つまず》き転ぶ者もいる。男の子許《ばか》りでは無い、女の子の姿も見られ、明るい元気に満ちた声が飛び交う。

昔は小学校六年生位の〝餓鬼《がき》大将〟がいて、隣近所の子供達を従え、陽が沈むまで遊び興じていた。その仲間には二歳から三歳の女の子も混じり、六年生の餓鬼大将に負ぶさり共に遊び転げたりしていたが、最近ではその光景も見当たらない。現在その様なものを目にしたら、不良少年や悪賢い集団と見られるだろう、そんな事を考え歩く内に何時の間にか家の側に辿り着いていた。

将来

家の中では太郎ちゃん、次郎ちゃんがテレビの画面に見入っていたが、僕の帰りを見て「お帰り」と声を掛けてくれた。

テレビでは戦争映画が繰り広げられ、空で軍用機が飛び交い、爆弾投下。地上では装甲車を先頭に軍服に身を包み、鉄兜《てつかぶと》を被り、鉄砲を持っての殺し場が展開されていた。

事の発端は経済的に行詰まり、隣の裕福な国家を軍隊の力で占領し、自分の国の傘下に加え様と侵略したのが原因で、それを善しと思わぬ其の他の国が制裁に走っての戦争である。西方の国共に莫大なお金を投じての武器による破壊活動で、侵略者にダメージを与え、武力手段で他国の国家を手に入れ、自国の経済に利用しようとする事は、理に適《かな》わぬ行為である事を植え付けるべき反省を促す参戦で、その国家を破滅する目的では無い。正義に適った交流と発展により、より豊かな国家を作り上げるべき方向付けである。侵略戦争を起こした国の戦力が弱まり、戦闘意欲も失われたかに見えた所で、次郎ちゃんが太郎ちゃんに疑問を投げ掛けた。

「どんどん攻めて、完全に滅ぼしてしまえばいいのに」

「感情的には矢鱈《やたら》攻めて、全滅せよだと思うが。建物と建物の下には道路や避難場所もあり、上から爆弾を投下しても破壊できず、また軍人だけで無く民間人も住んでいる。砲弾は民間人を避けての攻撃範囲に限定されているよ」と。

「地上作戦で全土を攻め、制圧すればいいと思う」

「戦力が弱まったからと油断をすると大失敗に繋《つな》がるよ。攻める側にも沢山の犠牲者を発生させるし、軍人が民間人の中に逃げ隠れした場合の処置はどうする。其の国を滅ぼす目的で無く、飽くまで更生《こうせい》させるのが目的なのだ」

「包囲して出て来るのを待ち伏せしての戦いしか無いのか。他国を侵略し、略奪目的の戦争である事をその国の国民に知らしめる説得工作。国民には良心とか正義感が無いのかな」

太郎ちゃんが「自国が不況で、しかも占領すべき国土は以前に自分達の国土であったのだ。其の国土が奪われ、損害を被ったのだから此の際、取り戻そうと感情に訴えての侵略。確執が生まれたよ」

テレビでは民間人の犠牲者も多数出たが、多国籍軍による制裁は厳しく、都市や街を占領し、もう二度と他所の国への侵略を起こし得ぬまでに強いダメージを与えた所で終ってしまった。次郎ちゃんがまた質問した。

「二度と戦争を起こさせぬ様武器の増大を抑え込み、他国を武力で奪い取る侵略戦争は悪い行為である事を国民に知らしめるべき教育と、戦争を起こしたら損である賠償責任を負わせる事が大切だと思う」

「でも宗教や人種問題等でも戦争は起きるよ。戦争に為ってからでは遅いよ。戦争になる前に処置しなければ犠牲者が出るよ」

太郎ちゃんが、「それは良い質問だ。一般的には不可解な行動を起こしている国家には、貿易や人々の交流を禁止する国連加盟国による経済制裁がある。しかし国連に加盟していても、自国を侵略から守るためには、相手に脅威を与える軍事力など多少の軍隊も必要である様だよ」

僕には良く分らないが皆で規則を作り、それに違反したら警察権が罰を与えれば、それ程問題が起きないと思う。犯罪が暴力行為で、それを専門家である警察権が暴力で抑え込む専門家による〝目には目を歯には歯を〟である。

僕だけの遅い食事を済ませながら考えていたら突然「ミルキー」と呼ぶ声がした。母の声。「ミルキー、私と一緒に買物に行こうよ、少し早いけど混み合わない内に用事を済ませておきたいんだ」何時もの母の声である。買物籠を持ち、サンダル履きでミニスカートの出立ちは、夏の暑さを吹き飛ばすかの如く威勢が好いのである。

買物を済ませ家に帰ると、今まで勉強していたのか教科書や鉛筆が散乱していて、その横に寝そべりながら兄弟で話し合いが行われていた。太郎ちゃんが次郎ちゃんに向かって喋っている。

「山に住む動物は元より、山に育つ木の実や、川に住む魚など生き物は皆、自然環境に沿って生活している。食せねば生きられぬ人間にとって、自然の恵みという助けが絶対に必要で、環境に左右される。古代人間は自分の住んでいる近くの生物を取得し、生きて来た。それを全部取り尽し、他の場所に移動しての生活も考えられるが、毎年繰り返す、再現すべき生き物の種まで食べ尽した為《な》らば如何《どう》なるだろう。獣を狩猟し食物にするには冬に獣が見付からず、穀物を栽培し冬に備えるしか無いであろう。夏の間に行なう稲刈りは短い日数で終えなければ為らず、自分独り分の穀物を備えるにしても、独りの作業能力では不可能な労働集約的作業で、他人の手助けが必要である。持回り助け合い作業になる。木の実に限ってみたならば実が生る木も年を取り、何れ《いず》実を付け無くなるし、冬には実が生らない。常に食を探し求めねばならぬ生活では贅《ぜい》沢《たく》など不可能である。まして野菜や穀物は栽培してこそ得られる物で、季節の変化、気候に左右され、計画的な考え方に沿って行動しなければ明日の生活は約束でき得ない。人間には病気あり、怪我もあり、まして赤ちゃんに至っては他人の手助け無くしては生きられない。子供達が今日存在するのは両親あってこそ成立ち、独りでは限られた範囲の生活しか出来得ないのだ。神は幸せに成る事を望んでおられる。身近な人々と助け合い、より豊かに生きる為には道具も言葉も必要になる。他人に自分の考え方を伝達するには、言葉という手段を借り、意思の疎通を図る事であり、道具は衣・食・住を得る手段である。言葉も道具も生活する為には絶対欠かせない物で、言葉は環境に左右された習慣によって生まれた物で、場所が違えば異なり、地域の違いが生み出し相違が存在する。意思が通《つう》じ合わねば争い事などの問題が生じる。それ故、風習を越えた、他人との意志の疎通を図る勉強が必要である。言葉には環境に基づく歴史や風俗など習慣が隠されている。しかし意志の疎通だけでは生きては行けない。産業や技術を育て、農作物、工業的な物、形のある物をこしらえ作り出さねば生活は成立たない。良い物を作り、毎日健全な生活を送るには学習も研究開発も必要であり、規律が必要になって来るのだが、次郎ちゃんはどんな考え方に基づき、将来どんな仕事の選択を希望するの」

「生活する上で絶対に必要なのは物。産業を発展させる為には道具の利用が不可欠。その様な仕事に就きたいと望んでいるのだが」

「現在ある物を利用し改善すれば済むが、より密度の高い需要の要求には対処できなくなる。重たい大きな物より軽くて小さな物の方が良い場合の方が多く、材料研究など基礎研究をし、軽くて丈夫な物へ材料を変えて行けば、より生活が豊かになる。飛行機の材料などは軽くて粘り強い素材を使っている。エンジン等、効率化の追究。新薬の発見。今後は情報技術の開発が必要である」次郎ちゃんが質問する。

「学校での勉強の目的は何だろう」

太郎自身には「多数の人達と共に生活する上で、知らなければならない決まりや法則を学び、社会の一員として生きて行く為の最低限必要な知識を教えてくれる場所であり、社会の発展に必要な技術や研究と、家庭生活を維持する為に必要なお金を得る手段を教えてくれる場所なのだ」

「小学生活の間《あいだ》に自分の進むべき目標を確立して、それに向かって勉強する様にとの進路指導をしてくれる場所が学校なのです」

「産業の発展も良いが、色々の問題も発生しているよ。ガソリン自動車は便利だが排気ガスを撒き散らし、二酸化炭素の地球温暖化や亜硫酸ガスが生物を痛める。フロンが電離層破壊を導き、太陽光線に於ける紫外線の増加不安を発生させている癌《がん》を誘発する化学線である。電気は人間生活を豊かにしたが、その見返りとして、水力発電や火力発電が自然破壊を生み出した。工場は公害を出さぬ製造方法で、自然破壊を起こさない、自然に優しい調和した開発が必要であると思う」

「人間が豊かに生きる為の開発が自然破壊、人間破壊に繋《つな》がるのは可笑しいよ」

「大量生産で物を作り、より安く大多数の人達が利用して初めて豊かさ便利さが広がり、文明が発展する。それを作り出す段階で、自然破壊を撒き散らす事が問題なのだよ。薬は人間の病気を治すが、反面副作用が働き、身体の他の箇所に負担を掛ける。又病原菌にも抵抗力ができ、最初は良く効く薬でも其の内、病原菌の方が強くなり、その薬では対処できなくなる。畑の肥料や殺虫剤なども人間に害を及ぼす物もある。悪影響を及ぼさず、後に残らない、自然に分解される範囲での薬品や肥料であるべきで、工場から搬出される廃棄物も自然分解出来る範囲で治まれば良いのだが難しい問題だよ」

「山の自然破壊は如何《どう》なる」

「自然環境を保つべき自然を苛《いじ》めない開発が必要だよ」と太郎ちゃんが答えた。

僕が思うに。文明とは自然破壊であるが、本当の意味での文明は自然との調和であって、破壊であってはならないと思った。

「ミルキーお出で」母が僕を呼んでいる。母の方へ行ったら、バケツが置いてあり、ブラシを片手に母が立って僕に手招きしている。傍に寄ったら身体全体に水を掛け、石鹸を付けられ、ブラシで僕の体を擦《こす》り始めた。シャボン玉が飛び交い、僕の体は見る見る泡だらけに変身してしまった。ブラシで擦られ、水を掛けて貰う事には抵抗が無く気持好いが。押し付けられ、身動き取れない苦痛に思わず体をブルブルと震わしてしまった。石鹸が矢鱈《やたら》周囲に飛散、母の顔にまで石鹸が跳ねているのである。母の鼻の天辺にはシャボン玉ができ、風が吹く度ファファ浮いて屋根まで飛んで消えて行く。泡で埋もれた僕の体に水が掛けられ、泡が地面にずり落ち、ずぶ濡れでは在るがスマートな僕の体形が現われ始めた。其の儘走り去ろうと試みた尻尾を掴《つか》まれ、上から押し付けられ、身動きが取れなく成ってしまった。体にタオルが掛けられ、ゴシゴシ水分を拭き、ぬぐう作業が始まる。又逃げ様と試みたが、今度は耳を掴まれ動きが取れない。作業が終るまでの辛抱だ。タオルで体を擦られるに従い体の水分がタオルに移り、スッキリした清々しい気持に浸る。

太陽が登り切った真夏日である。全身で陽を受ける。僕が微笑みの眼差しを受ける八月の青空が広がる。

スッキリした気持で太郎ちゃん、次郎ちゃんの居る部屋に行くと、先程の話し合いは何時の間にか終っていて、左右に分かれ飛付き転がりながらのレスリングが行われていた。暑い最中、取っ組み合い、汗を流しての奮闘である。太郎ちゃんが悲鳴を上げ、畳を叩いている。降参なのだ。次郎ちゃんがそれを自慢気に頷き、組手を解き、その横に手足を伸ばし大の字に寝転んだ。自由な体に為った太郎ちゃんがそれを見て、次郎ちゃんの体の上に覆い被さり、足を捩《ね》じ伏《ふ》せたから堪《たま》らない。今度は次郎ちゃんが悲鳴を上げた。卑怯《ひきょう》者、狡《ずる》い、大声を張り上げての抗議《こうぎ》である。其の内覆い被さる太郎ちゃんが脇の下を擽《くすぐ》られ、転げ回り始めた。それでも無関心に攻め立てる。太郎ちゃんは其の攻撃に涙を流し笑い転げている。何時の間にか二人共立ち上がり相撲に発展していった。押す相手に対しては押しで勝負する弟に対して、技を以って挑《いど》む兄は、技術的に優れている。一気に押しに出る弟に対して、足を絡《から》め、腰を揺さぶり、投げに転じて二人の体は畳の上に折り重なり倒れてしまった。ひと呼吸の後に二人共また絡み合い、レスリングの続きが始まった。何方《どっち》が先に肩を畳に付けるかの競争である。僕も参加して上に乗っかりたい衝動に駆られたが、「何よ」遠くの方から大声が聞えて来た。母の声である。「何時まで寝そべっているのよ、好い加減にしなさい」と母の声で、起き上った兄弟は、僕に声を掛け、外に出掛ける支度を始めた。

お祭り

三人でお祭りに出掛ける事にした。お祭りは神社の境内で、昼間からお神楽や縁日が立ち並び楽しい日である。お神楽とは二人して片方が〝おかめ〟相手方が〝ひょっとこ〟の仮面を着け、舞台の上で笛、太鼓《たいこ》に合わせ劇を演じる面白い物である。縁日は夜遅くまで屋台が開いている。夜店を練り歩き欲しい物を買い求めるなど、比較的夜遅くまで神社の周りには人通りが尽きない。昼間には各町内で神輿《みこし》や山車《だし》が練り出され、町内を練り歩く、捩《ねじ》り鉢巻《はちま》きを揃《そろ》いの浴衣姿で、町内の世話役さん達は祭りの日は朝から忙しいのである。以前、お祭りの由来について百科辞典などで調べた事がある。

「霊魂《れいこん》は原始信仰では人間や事物の本質と考えられ、大別して生命霊《れい》と形象霊《れい》に分けられる。神は原始的には怒《いか》りや、祟《たた》りという性格をもって出現すると考えられ、古く、神霊《しんれい》の存在や意志などを表わす活動を荒魂《あらみたま》といった。『みたま』は先祖の霊で、御魂《みたま》、御霊《みたま》とも書いたが、平安時代から怨霊《おんりょう》で祟《たた》りをもたらすものを御霊《ごりょう》と呼び、これを鎮めるための祭りを御霊会《ごりょうえ》と呼んだが、これがお祭りの始まりだと僕は思う。御霊会と対をなし、盆の魂祭《たましいまつ》りを精霊会《しょうりょうえ》と呼んだ。具体的にお祭りは、祭場に信仰の対象たる神霊を呼び迎えて供献侍座し、それを慰めなごませる行為で、祭神とゆかりの深い日をもって祭日と定め、定期的に祭事を営むものである。日本の祭りは農事暦と符節を合わすものが多いのは、日本民族の主要産業は昔から農業であるからで、労働期間の祭りは仕事の区切り目に行なわれる、『おさめ』と『はじめ』が対をなし、『田の神送り』と『田の神迎《むか》え』との対応《たいおう》である。秋祭りの多くは収穫祭で、労働期間の終期を画《さかい》する。

お神輿《みこし》は遷宮《せんぐう》または祭礼のとき、神霊《しんれい》を奉安《ほうあん》して、新宮あるいは御旅所に移すのに用いる輿《こし》をいう。神幸《しんこう》祭の普及とともに神輿《みこし》の使用が全国的に拡がり、御霊信仰が盛んとなるに及んで、美麗《びれい》な行列を作って練り歩くなど、神霊《しんれい》の乗り物には飾った輿《こし》が使用される様になった。

神楽は神事芸能の一種で、拡く日本中に分布している。『里《さと》神楽』の宮中の御神楽《かぐら》に対して、各地方の神社などで行なわれる俗に『お神楽』と呼ばれるものがあり、今日では郷土芸能《きょうどげいのう》として鑑賞《かんしょう》されている。笛、太鼓《たいこ》、鉦《どら》などで奏《かな》でる『神楽《かぐら》囃子《ばやし》』または『祭囃子《まつりばやし》』に合わせて、仮面の〝ひょっとこ〟や〝おかめ〟が黙劇の形式をとって舞うことが多い。形式は本と末の掛け合いで内容は風刺的《ふうしてき》である。

縁日は神仏の何等かの縁をもった特定の日に行なわれる物で、その日には露店商

が立ち並ぶ」（参考文献より）

家から飛び出した僕達三人は駆け回り、やっとの思いで町内を練り歩く山車《だし》を囲む群れに追い付く事が出来た。

年若い子供達や女性達は大太鼓《たいこ》を乗せた山車《だし》を長い綱で引く。其の太鼓の音は、少し離れた場所からも聞き取る事ができる。神輿《みこし》と山車は大概進み行く行動を共にする。途中の休憩時には飲み物やお菓子が配られるが、休憩場所に位置した所の工場や商店からの差し入れ物である。最近は道路状況が悪く、自動車の往来が激しいので行道範囲も狭く、長距離は不可能である。でも年に一度のお祭りなので多少の交通渋滞に為っても自動車運転手さん達も理解してくれる。太鼓《たいこ》の〝ドドドン・カッカカ〟の音に合せ、太郎ちゃんも次郎ちゃんも力強く綱を引っ張る。僕には綱が引けないので二人の歩調に合せて其れに従う。日中の炎天下は暑いので、直ぐに汗が頬を伝わり、太郎ちゃんにも首に巻いたタオルが必要になる様だ。でも日陰に入るとホッとする。休憩時には僕にもお菓子や飲み物が配られるので、其れを楽しみに山車に従う。山車には大きな車輪が付いていて、凸凹《でこぼこ》や登り坂を皆で綱を利用し、力を合せ引っ張る。凸凹道は〝ガタゴト〟と強い衝撃を与え山車を揺さ振る。大きな凹《へこ》みに車輪が嵌まったら、抜け出すのには大変である。皆で力を合せ、力強く山車を引っ張る。世話役さんの声に合せないと上手に脱出する事が出来ない。登り坂になったら、その坂を登り切るまで、力を緩める事なく引かなくては成らず、腰を屈《かが》めて一所懸命に皆、力を合せなければならない。力の弱い子供達や女性では無理な所もあるが、数人の世話役さん達が、折を見て加勢して呉れるので、大事に至らずに済む。山車は直線方向に向かってのみ進行でき、車輪だけ単独では左右に曲る事は出来ない仕組に成っている。直角に曲る時などは引っ張るだけでは無理で、山車の傍にいる世話役さんが進行方向に従い梶を取る。世話役さん達の服装は皆同じで、揃いの浴衣《ゆかた》に団扇を腰に差し、頭に捩り鉢巻きの人もいるが首には祭りの手拭を巻き、道路の交通状況を気に掛けながら山車を誘道する。お神輿の方は山車の後方から道順に従い進めている。お神輿は重たいので大勢の人達で担《かつ》ぐが、長時間担いでいられないので、時折担ぎ手が交代する。その人達の中には二十歳前後の女性も交じり、汗を流し奮闘している。担ぎ方にも色々在るらしく、お神輿を上下に揺らし、左右に傾けたり、うねらしたり前後が逆転したりもする。その都度道行く自動車の進行を妨げ、路上で苛立つ運転手もいるが、大概は車から覗《のぞ》き込み祭りの情景に浸る。

我々は今、比較的交通量の少ない広い道路に出た。そこで休憩に入った。お神輿もその場で休憩している。お神輿を担ぐ人達は大人達で、昼間からお酒を飲んでいるのか、赤い顔をし、威勢が好い。其の場に居合せた二〜三の人が此方に向かって歩いて来た。太郎ちゃんの知り合いらしい。お揃いの浴衣に草履姿で、頭には手拭で鉢巻をし、見るからに威勢が好いお父さん達である。手にはお菓子が握られ、太郎、次郎ちゃんに向けて差し出し、お喋りを始めた。お酒を飲んでいるのか喋り方が少々ぎごちない。でも足取りは確《しっか》りしていて、威勢が好い。ふざけ乍《なが》ら僕の頭を撫《な》で、お菓子を分けて呉れた。そのお菓子を食べていると、何時の間に用意したのだろうか、最初から片方の手に持っていたのかも知れない、お酒を僕に差し出す。僕には飲める訳が無い。ニコニコして其のお父さん達は僕を押え付け、口を開けさせ、其のお酒を口の中に流し込んだ。瓶に入っているお酒の量は少なかったので、見ていた太郎、次郎ちゃんも余り気にも留めず、他の人とお喋りを交し乍《なが》ら休憩している。僕も思ったよりは不味《まず》く無いので、無理して嫌がらずに黙ってそれに従い飲んだ。お腹の中にお酒が流れて行くのが良く分かる。日中の暑い最中なので、丁度喉も渇いていたので、水代わりの積《つも》りで飲んでしまった。胃に到達したお酒は熱くなり、僕の全身を被《おお》った。少し位何とも無いと思っていたが、お酒の力は凄《すご》い物である。僕の足元を怠《だる》くさせ、歩行を妨げた。生憎比《あいにくこ》の周辺には水も無い。水で胃を洗い流す事も出来ずに其の場に座《すわ》った儘《まま》体勢を整える事にした。太郎、次郎ちゃんは僕の傍に寄り添い、頭を撫でながら僕の気持も知らずに戯《じゃ》れ合っている。十数分の後、合図が〝ドドーン〟と太鼓の音と共に掛け声が飛び交い休憩時間が終了。出発の時が来た。僕も威勢好く立ち上がったが、足が地に着かず、よろける浮わついた気分になった。それでも千鳥足で太郎、次郎ちゃんの側に寄り添い、山車の綱に沿って歩いた。

　僕の前に居る、奥さんに手を引かれた五歳位の女の子も、ヨタヨタ歩いている。白い帽子を被り、赤いミニスカートを穿いている。其の姿はだらし無く、大分善《よ》く見て遣っても格好《かっ》良いとは思えない。涎《よだれ》を垂らしそうな仕種《しぐさ》で、奥さんに甘えている。その女の子は僕の歩行までも邪魔をする。余りだらし無いので腹立たしくなり、足元に体当りして遣りたい気分に駆られる。

　沿道に歩いている人の中には、我々に声を掛けたり、手を振るなど協力して呉れる人達もいて、楽しい和やかな雰囲気に浸る。二～三軒商店が立ち並ぶ道路まで来た所で、僕の前の〝ヨチヨチ〟歩きの女の子の友達であろうか、沿道から駆け寄り、〝ヨチヨチ〟歩きの女の子とお喋りを始めた。二人の〝ヨチヨチ〟歩きが僕の前でペチャペチャ会話に興じながら山車の綱に添い歩く、何時躓《つまづ》き転んでも可笑しく無い状態である。そのチビさん達の話は生意気に御洒落話《おしゃればなし》である。

「この間小学生なのに黒のシルクのTシャツを着て、黒のパンタロンを穿《は》き、全身黒尽《づくめ》の衣装の女の子がいた。私なら同じ黒系統なら白地に淡い黒の大きな四角とか、鼠《ねずみ》色地に黒の葉っぱ模様を選ぶわよ。白地のパンタロン姿のお姉さんも居たがスタイルが良く、Tシャツも白で凄い好かった。Tシャツはクリーム色でも薄い草色でも好いしブルーでも好いと思うのよ。でも矢張り私達女の子だから赤系統の方が似合うと思うわよ。赤一色で決めるのも好いが、変化のある淡赤地に小さな赤の点模様とか、白地に赤の横縞《しま》、又は大きな赤の丸玉模様なんて好いと思うわよ。最近白地に写真などの図柄をTシャツに配分した模様もあるらしいよ」

僕が思うに、チビの癖《くせ》して御洒落話は生意気、ましてヨチヨチ歩きではお母さんが着せてくれた物を喜んで着ていれば良いのだ。話が行き詰った所でチビさん達の話は、今度は何処のお母さんは美人であるとか、お姉さん達のお化粧の話まで進んでいった。

「デブじゃ駄目よ、ダイエットしてスリムに為らなきゃ。先ずスタイルが第一条件ね。スタイルが悪いと海水浴の時はどうする。未だ在るよ。毛深いとか、顔の弛《たる》み、シワ、染み、ソバカスなど」

「併し毛深い人には脱毛ローションなど塗るだけで無駄毛を一掃できるし、染み、ソバカスを直し、皮膚の新陳代謝を高め、美しいお肌を作るお化粧品も有る。弛みやシワを直す化粧品も有るのかな。ビア樽《だる》の様なお腹をしたデブを直す方法には、お薬や運動量を多くして痩《や》せるしか無いのかな。病院もある様だけど矢っ張り食事療法でダイエットが一番だと思うわよ」

食べ物の話が出た所で二人のヨチヨチ歩きの女の子は押し黙ってしまった。僕は生意気なおチビさん達のお尻を噛み付く様体勢を整えたが、実行するまでも無く、そのおチビさん自ら倒れ地面にお尻を打ってしまった。側にいたお母さんが「お喋り許《ばか》りしてちゃんと歩かないからよ」と小言を言っている。だが抱《だ》き起こされた其のチビは又、友達と喋り始めた。

「カレーライスはデブにならないよ、甘く無いから。ハンバーグは如何かな、アメリカ人はハンバーグで太ったよ。食べ過ぎたから太ったのよ」

「ハンバーグは美味しいよ」

「野菜の入ったサンドイッチの方が好いよ、ダイエット食品だもの。野菜と共に肉類を食べていれば問題無いと思うのだが、矢っ張り肉類が太る元《もと》かな。肉を止めて魚にするかな。デブのお腹にきっとお肉が沢山詰っているのよ」

「でも外国人は肉を食べてもスマートよ。外国映画の美人なお姉さん見てよ、美しくスマートよ」

「牛乳を飲むから背が高くなり、スマートになるのよ。第一飲まないとお母さんに叱られちゃうよ」

「怒られても好いよ、デブに成るよりも」

　ヨチヨチ歩きのチビの癖して良く喋る女の子達である。僕は感心しながらその二人の歩調に合わせ歩いていたが、急に前方でストップ。思わず僕もストップしたが止まり切れずに数歩前に歩んだ。その時である。ヨチヨチの踵《かかと》が僕の顎《あご》を刳《しゃく》り上げた。蹴飛ばされたのである。僕はボクシングの選手の様にダウンしてしまった。直ぐに起き上がれずに座《すわ》り込んだ途端《とたん》、今度は後ろに歩いている人に尻尾を踏まれてしまった。「痛い」思わず飛び退き、態勢を整えたがダメージは大きい。前のヨチヨチ歩きは何も無かったかの様に、平然とヨチヨチ歩いている。それと知った太郎ちゃんが奥さんに文句を言って呉れたが、その奥さんは笑いながら「ゴメン」と一言で済ませてしまった。悔しい限りである。然《そ》うしている間にも前に進む。途中から入り込み喋り続けていた女の子は手を振りながら、僕の前のヨチヨチ歩きの女の子と別れ、離れて行ってしまった。行く手には商店が立ち並ぶ町並である。この商店街の道幅は狭く、車道に沿って行道する我々の山車は交通渋滞を引き起すので世話役さん達の仕事も大変である。昔は自動車も少なく、町並もゆったりした気分であった様だが今日では望めそうも無い、太鼓の音も昔は遠くまで響いた様だが、現在の混雑状況では雑音に掻《か》き消されてしまう。山車の先頭の方で声がする。出発の時の寄合場所に到着したらしい。皆で最後の力を振り絞り、山車を寄合い場所に押し込む。其の場所が皆の集合場所である〝神酒所〟に成っていて、大人達はお酒を酌交《くみかわ》し、喋り合っている。そこで僕達は又お菓子を貰《もら》う。今日の山車の繰り出しは終りである。飴《あめ》をしゃぶりながら僕達三人は神社へ向かう事にした。

僕の酒酔いもすっかり治《おさ》まり、気分も漸《ようや》く良くなったので、今までの嫌な事件も忘れ、何時もの如しはしゃいだ。太郎ちゃんの「ゴウ」と言う号令一過、駆け出す次郎ちゃん、その後に僕が続き、最後に太郎ちゃんが続く。疲れを知らない我々三人である。通りは人通りも激しく、お母さんに手を引かれた女の子や、兄弟で言い争いながらも笑い転げ神社へと向かう大勢の人達で賑わう。皆目的は一つ。年に一度のお祭りである。神社に近付くにつれ、人波も増え、中にはお酒を飲み過ぎた酔っ払いもいる。

　前方の路上で十八歳位の若者が三十歳位の年上の男性に絡んでいる。言葉も荒々しく、時々手で年上の人の肩を小突いている。僕の見た感じでは、十八歳位の男が必死に年上の人に離れず食い下がっている様に見受ける。止せば良いのに酒の所為《せい》で気持が大きくなり、前後の見境も無く喧嘩に走っているのだ。お神輿を担いでいる最中に足を踏まれ、その上突き飛ばされ、担ぎ手の輪から外に弾き出され、その勢いで路上に倒れ、膝《ひざ》を擦り剥き腰を強く打ったらしい。その悔しさも手伝い、酒を一気に沢山飲んで、足取りも覚束無いのに猶《なお》もお神輿の仲間に入り込もうとし、周囲の人達に注意され、仲間から外された悔しさが喧嘩の原因である。最初の内は相手にもせずに肩を小突かれていた年上の人も、段々と気持を高ぶらせ、挑発に対抗する態度に出て来た。年上の男の人も大分お酒を飲んでいたのである。共に言葉使いがぎごちなく、身体の動きが緩慢《かんまん》ではあるが声も大きく暴力的である。その内に十八歳位の男が、年上の男の顔にパンチを食わしてしまった。周囲の目もあり、年上の人も其の儘では済ます事が出来なくなって来た。年上の人はこの近辺では兄貴分で格好の良い立場の人で、自分より年下の人に馬鹿にされたら今後、近所でのコミュニケーションが旨《うま》く行かなくなる畏《おそ》れもある。もう既に冷静に話合う機会も全く失われ、殴り合いに突入するしか無い状況である。十八歳位の男が又もパンチに臨んだが、今度は年上の人も身を躱《かわ》し相手の腹に拳骨《げんこつ》を加えた。その一発で、十八歳位の男はその場に崩れ跪《ひざまず》いてしまった。他人の立場も考えず、自分の能力も顧《かえり》みずしての敗北である。何の目的で暴力行為に臨んだのだろうか。年上の男の人は跪いた男に対し、まだ攻撃の手を緩めずにパンチや蹴飛ばす素振りを見せたが、隣り合わせた仲間に留められ、押し止めた。人間誰しも生活があり、立場を守る為には戦わなければならない場合も生じる。被害を負わされる立場に立てば、暴力はいけない事であると知りつつ暴力に頼るしか方法が無い場合もある。学校教育が為《な》され、テレビや新聞などのメディアも豊富に出回っている昨今。いちいち取り上げるまでも無く、良い事悪い事の区別は理解している筈である。にも拘《かかわ》らず被害を阻止する方法としての暴力に訴える事が、悪い事であるという考え方が存在するのは如何であろうか。暴力事態悪い行為なのだろうか。ならば強盗に際し、その対処はどうすれば良いのか、人間生存権の立場で守る権利があり悪い行為は叩かれる義務が生じる。黙って生活を奪われる義務は無いのである。争い事を阻止する手段として、何があるのか。僕自身の立場に立って再び生活とは何かを顧《かえり》みた。

縁日《えんにち》

毎年お祭りの日には神社の境内で、縁日の露店が立ち並び、大勢の人々が行き交《か》う楽しい日である。

神社に行き着くまでの一般道にも露店商が立つが、道路幅の広い場所を選んでの商いなので、然程《さほど》混み合う気炎《きえん》も無い。一般道から神社へと鳥居を潜り、参道を通り、本堂へと足を運ぶ。本堂の周辺では人垣も緩み、それ程混み合う事も無く自由に行き来できるが、鳥居を潜《くぐ》って本堂の前の広場に行き着くまでは、露店商が軒《のき》を並べ、前進せずにその店に立ち寄り立ち留まる人達がいて、後から来る人達を遮《さえぎ》り混雑する場所である。

太郎、次郎ちゃんと僕の三人は鳥居を潜った。そこから先は人が溢《あふ》れ犇《ひし》めいている。群衆を掻き分け前に進むが、又戻され又前に。僕の周りは足々足の連続。それでも太郎ちゃんが僕をガードし、前に進む。露店商が立ち並ぶ参道沿いにまで行き着くには、沢山の足に踏まれ、お尻を蹴られる事も覚悟しなければならない。今も又足を踏まれた。踏んだのは女の子である。謝る事も無く、揉《も》み合いながら前に進んでいる。僕は悔《くや》しくなりその女の子の足をかじった。「キャー」声を発すると同時に僕を蹴飛《けと》ばした。気の強い女の子ではあるが、その勢いで僕は露店の前面にまで進む事ができ、それに続いた太郎、次郎ちゃんも参道沿いの露店の前に歩み寄る事が出来た。其の店では金魚が浅い水槽の中で泳いでいる。それに向かって大人達が薄い紙を張った針金の輪で金魚を掬《すく》っている。水の中に紙で、しかも金魚には重量もあり、掬《すく》われるのを嫌って暴れるので、簡単には掬い上げる事が出来ないでいる。水の中から真上に持ち上げれば金魚の重さと、水圧により紙が破れてしまうので、針金の輪を斜め上に金魚を絡《から》ませ持ち上げねばならない。僕が傍で「ワン」と吠えたら、隣の金魚を掬っていた男の人が慌てて僕の方を見た。水の中の魚を掬っていた手が疎《おろそ》かになり、紙が破れ、それで一回の料金分が終りに為ってしまった。入れ物の中には金魚が二匹情けなさそうに、元気なく泳いでいる。それが男の人が掬い上げた成果で、家に持ち帰って善《よ》い分である。しかしその男の人には、箱の中で泳いでいる黒の出目金を持ち帰り度《たく》、また紙の針金の輪を買い求め、再度挑戦する。箱の中で色々の金魚に混じり一際《ひときわ》威勢の良い出目金は、中々男の人の考え通りには行かない。紙の輪を近付けると素早く逃げ、男の人を苛立《いらだ》たせる。その都度紙の張った輪を水から出すのだが、その動作を繰返すと段々と紙の質が弱くなり、いざ掬い上げる段になったら又破れるであろう。今度掬い上げる時が来たら、僕の頭でその男の人の腕を小突いたら如何《どう》なるであろうか。次郎ちゃんと顔を見合せていたら、太郎ちゃんに感ずかれたのか、太郎ちゃんが僕達を手で促《うなが》し、次の店へと移動する事に。後《うしろ》から押されながらも次郎ちゃんが立ち上がった。その瞬間、よろけ、僕にぶつかって僕を弾き飛ばした。僕は金魚掬いをしている男の人のお尻に体をぶつけよろけ、隣の店の方へと移動したが、その男の人の発した言葉「アッ」が耳に入った。振り返ると両手を箱の中に突っ込んで、顔までも水の中につかる様な仕種《しぐさ》である。僕達は慌てて隣の店からも移動し、皆に揉《も》まれ、少しでもその場から離れることにした。太郎、次郎ちゃんも顔をあからめ、無言で歩いている。僕も金魚掬いを行っていた男の人に失礼した事に反省し、二人の後に続いた。

歩いていると急に僕の頭にゴム毬《まり》が打《ぶ》つかる。吃驚《びっくり》し、見上るとゴム毬は男の人の手に引き戻されている。側の店で販売して居るヨーヨーである。威勢の良い店の親爺さんが足をバタバタさせながらゴムを膨らませる機器を利用して、空気と水を其のゴムの中に注入している。その店にも四角の箱が置いてあり、ヨーヨー掬いを行っているのだ。大きな四角の箱の中に水が入っていて、其処にゴム毬が浮いている。ゴム毬を使った遊び方は毬の中に水が半分位入っていて、ゴム紐《ひも》で結んであり、ゴム紐の末端の輪っかに手の指を差し込み、上下・左右を手で叩《たた》くと、ゴム紐の弾性でヨーヨーが手から離れ又元に戻る。その店に今、中学生のお兄さんが、紙を縒《よ》った紐《ひも》に魚釣りの針の様な、船の錨の様な形の釣針とを結んだ器具で、水の中のヨーヨーを引っ掛け掬っている。顔は真剣である。色取り取りのヨーヨー目掛け挑戦するのだが、ヨーヨーを掬い上げるべき輪っかの部分は、水の中に沈んでいて中々引っ掛ける事が出来ないでいる。小さな女の子がヨチヨチ歩きで、お母さんに手を引かれつつそのヨーヨー釣りの箱の前に行き、お母さんの手から離れ其のお兄さんの横に座り込んでしまった。色々綺麗な色彩模様に魅せられ、威勢の好いヨーヨー屋の掛け声に引かれ、吸い寄せられたのであろう。自分に遣《や》らせろとお母さんにせがむ。中学生のお兄さんと、小さな女の子とが隣合せに座っての競争である。女の子の片手にはお菓子が握《にぎ》られていたので、僕が少しかじったら、その小さな女の子はニッコリ笑ってそのお菓子を僕に差し出してくれた。その小さな女の子に加勢する事にしよう。お菓子の件で、太郎ちゃんが其のお母さんに謝っている。僕は其の女の子がヨーヨー釣りに支障を来たさぬ様、お菓子を握る手を空けて遣《や》ったのに過ぎないのだ。お兄さんの方は落ち着き、釣り紐を水の中に垂《た》らし、徐々に水からゴムの輪に引っ掛け持ち上げるが、その女の子は両手でバシャバシャ水を撒《ま》き散《ち》らし、ヨーヨー釣りなのか水遊びなのか解ったものでは無い。お母さんに窘《たしな》まれ、今度はお母さんの挑戦である。さすがに上手に一個目は掬い上げたが、二個目になって紙で縒《よ》った紐《ひも》が弱りヨーヨーを掬《すく》い上げられず切れてしまった。お兄さんの方は二個目を掬い上げ、未だ挑戦しているのだ。僕がお兄さんの腕に戯《じゃ》れ下から舌で嘗《な》めたら、そのお兄さんは笑い出し、水の中に釣り紐を落してしまった。僕は二個も吊り上げたので、それで良いと思った。太郎ちゃんに促され、また次の店へと移動である。

隣の店では回転する機械の真中に粗目を投入して作る〝綿飴《あめ》〟を販売している。割箸の周《まわ》りに綿の様なフワフワした空の雲の様な白い軽い飴を巻き着けた物で、味は軽い甘さである。その店前にも人集《ひとだか》りはあるが、見物する人も無く、順番を待って買うだけなので直ぐに人集りは捌《は》ける。その中に次郎ちゃんの友達がいて、二人で何やら話し込んでいる。重大な出来事なので有ろうか、二人とも顔をしかめている。話の内容が僕には掴《つか》めない。注目している僕に太郎ちゃんが買って来た綿飴を僕の顔にくっつけた。フワフワした飴で、僕の顔がベタベタに成ってしまった。話し込んでいた次郎ちゃんにも綿飴が渡された。それを食べながら次郎ちゃんは友達と別れの挨拶を交し、僕達の所へ、僕達は参道の奥へと足を踏み込む事にした。

其処まで来ると矢鱈《やたら》陽気な笛、太鼓の音が聞こえてきた。本堂の広場横にある舞台で、お神楽が行われて居るのであろう。本堂前の広場まで行けば人の混雑も多少緩和され、手を広げ動き廻っても他人にぶつかる気遣いは無い。足を踏まれながらも人の群れに沿って歩く内広場に出た。聞けば広場の一角に舞台の建物があり、その舞台では矢張りお神楽が行われていた。〝お多福〟と〝ひょっとこ〟のお面を着けた人が手足を面白く動かし踊っている。笛、太鼓に合わせて無言で踊っているのである。言葉は無い。手足の動きで表現している。昔から伝えられた物で能とか狂言に通ずる。今舞台で催されているのはお面を着けた〝お多福とひょっとこ〟が稲を肩に担ぎ踊っている。豊年を神に感謝する意味が在るのだろう。お神楽に見入っていた僕達三人に、先程出会った次郎ちゃんの友達が声を掛けて来た。お金を貸せとの事。どうやら先程の話は次郎ちゃんの友達がお金を落とし、縁日の店で何も買えない寂しさを訴えていたのであろう。太郎ちゃんがお母さんから帰りに買物して帰る様、預かったお金がある。そのお金を次郎ちゃんの友達に貸す事にし、返金は午後四時に此の広場の本堂脇にある銀杏の木の下で待合せ、返して貰う約束を取り決めた。僕達の小遣《こづかい》では次郎ちゃんの友達が要求した金額には届かない、満たせない少ない小遣である。まして僕達も、今日の縁日にはお金が必要なのである。僕達三人はその広場を後にし、先に進む事にした。

また人で混み合う参道に向かうのである。僕達三人が入って来た参道とは反対側にあたる道で、其所にも縁日の為に露店商が軒《のき》を連ね、道行く人に買物を勧めていた。比較的食べ物屋が多い。タコ焼き売り場の前まで来て僕達は足を留め、その作り方を見る事にした。

鉄板に凹面が幾つもあり、そこに薄く油を引き、小麦粉で練り合せた具を垂《た》らし、その上に細かく切った蛸《たこ》を乗せ、もう一つの凹面から小麦粉で練り合せた具をのせ凸面にした。ゴルフボールより小さめな丸形にし、出来上がりである。タコ焼きは大阪方面から発生した食べ物であり、具の中に蛸の切身が入っているので〝タコ焼き〟と呼ばれ、振掛けられた海苔と合う、大人から子供に至るまで喜ばれる食べ物である。一つのパックに沢山入っているので太郎ちゃんが一つ買い、僕達三人で分けて食べる事にした。次郎ちゃんが楊枝《ようじ》にタコ焼きを刺し、僕の口の中に入れてくれたので食べたが熱い。舌がひりひりし、柔《やわ》らかい食べ物なので歯にくっつき、食べるのに苦労した。味は素晴らしく美味しいが、僕には向かない食べ物である。今後熱い食べ物には遠慮する事にしよう。

その店の隣には風船屋が店を構えている。お母さんに手を引かれた幼稚園児達が店を囲み、はしゃいでいる。店の前には色彩豊かで、色々な形をした風船が所狭しと飾られ、道行く人の足を止めさせる。細長い風船もあり、それを鉢巻き変わりに頭に差し込む風船屋の親爺さんは、茹《ゆ》で蛸《たこ》そっくりに見える。其の店を後にした我々は、雑貨売り場まで足を進めた。色々の物が置いてある。三人で店の前に陣取り、暫く見入る事にした。ビー玉あり、めんこあり、また女の子の喜ぶ指輪やネックレスやイヤリング等もあり、僕達三人の他にも女の子達が僕達の横の最前列に座り込み、手に取って見入っている。大人達が身に着ける物とは素材が違い、値段が安く子供の小遣《こづかい》程度で買える代物《しろもの》である。でも女の子にとっては願望があり、其れを買って身に着ける事に喜びを感じるのであろうか。沢山の女の子が買い求める。一寸見ただけでは僕達には大人達が身に着けている物との比較が付け難《にく》い位素敵で、そっくりである。太郎ちゃんも女の子用のブレスレットを手に取り見入っていたが、その内腕《うで》に嵌め、得意のポーズを取る。次郎ちゃんも其れに負けじと指輪を取り指に嵌《は》め、手を差し伸ばす、僕も首飾りを首に掛けたい衝動に駆られる。そこの店の親爺さんはお金を払う様手を付き出す。慌てた次郎ちゃんは指輪を元に戻し、他の所に並べてある独楽《こま》に目を移した。独楽は綺麗な原色の様々な色で飾られ興味を誘う。手に持って回してみた。独楽は非情にも二〜三回転して止まり、倒れてしまった。親爺さんは渋い顔で辺りを見回す。その時次郎ちゃんの帽子が頭から脱げ、隣にいた女の子の横に飛ばされてしまった。慌てて拾い上げ様とした次郎ちゃんの体が、ネックレスなどに見入っていた女の子の体にぶつかってしまった。その女の子は迷惑そうに無造作に次郎ちゃんの帽子を手で探り当て、手渡してくれた。次郎ちゃんも其の帽子を確認する事なく受け取り、また独楽に見入っていた。その店の親爺さんは独楽《こま》を拾い上げ、紐で独楽の下の部分を巻き付け、その紐を威勢よく引き戻した。独楽は勢い好く回り始めた。上から見ると丸形で下側が尖った形で真中に鉄心が打ち込まれ、回転力で鉄心を軸に立つ木独楽で、側面は三角形を成し、上の部分だけに色取りの模様が描かれてあり、回転すると色が混じり合い色の調和を作る。店の親爺さんの話では独楽に紐を巻き付けた後に右手に紐と独楽を持ち、威勢良く紐を引っ張って、紐を解き放すと同時に左手を広げ差し出すと、独楽が左手に乗り回転する。左手に独楽を乗せた状態で、立ち歩く事も可能であるとの事。親爺さんは別な物に目を移し、鉄で出来た小さな独楽を取り上げ見せてくれた。上面の平らな部分に字が刻まれ、横から見ると三角形をした独楽である。木の独楽と違い小さく、腕時計位の大きさの六角形で、〝べいごま〟と呼ばれている。此のコマも紐に巻き付け、威勢良く紐を引き戻すと回転する。バケツの上にシートを被せ、其の上に数個のコマを回転させ、打ち付け合わせて、その場所から弾き飛ばされ地面に落ちたコマが負けである遊びで、その親爺さんが子供の頃には近所の友達と良く遊んだとの事である。コマ以外にも親爺《おやじ》さんの子供の頃、良く遊んだ〝メンコ〟もあった。長方形の名刺大の厚い堅い紙に、色々の絵が描かれた色彩豊かな物である。歌手や映画俳優、スポーツ選手の似顔絵や写真もあった。その一枚を地面に置き、もう一枚を手に取り、地面に叩き付け、その紙の風圧を利用して地面に置かれてあるメンコを裏返しさせて勝負を決める遊びである。〝ビー玉〟もあった。僕達がビー玉に見入っていた時、次郎ちゃんの隣にいた、先程、次郎ちゃんの体と衝突し、帽子を拾ってくれた女の子達が思い思いのイヤリングやブレスレットを買い求め、喜んで其の場所から立ち去り、次に又新しい女の子達が入り込んで来た。親爺さんは其の子達にも品物を勧めながら僕達に目を移し、ビー玉の遊び方を教えてくれた。一つを離れた場所に置き、もう一方のビー玉を手に持ち、地面に転がしたり上から投げて、置いてあるビー玉を遠くの位置から当てる遊びであるとの事。丸いガラス玉の中心部には、花弁《はなびら》の様な物が埋め込まれ、目を楽しませる飴玉《あめだま》ぐらいのガラス玉である。何時までも其の場所に座り込み、買う気の無い僕達に嫌気《いやけ》を差した親爺《おじ》さんは嫌な顔を向けてきた。透かさず太郎ちゃんが花火を指差し、それと知った次郎ちゃんも花火に目を移し注文した。値段の高い筒の様な花火を四本買い求め、その場から立ち退いた。

「アレッ」歩きながら急に次郎ちゃんが声を張り上げた。見ると次郎ちゃんの手には花火四本の他に見た事も無い帽子が握られ、あるべき次郎ちゃんの帽子が無いのである。先程の女の子であろう。次郎ちゃんの帽子と取り違えて被って行ってしまったのだ。次郎ちゃんの頭のサイズと同じ大きさでは在るが、女の子の帽子は赤色で、おまけに黄色のリボン付きである。次郎ちゃんは手に持つが邪魔《じゃま》なのか、帽子を頭に乗せ歩き出した。混雑の最中、行き来する人の目が気の所為《せい》か異常に映る。振り返ってまで見返す人すらいる。事に依《よ》ると、女か男か不思議に感じているのかも知れない。次郎ちゃんが頭からすり落ちぬ様、その帽子を深く被《かぶ》り直したら、益々変な人に成ってしまった。先程の女の子に出会い、物々交換せねば次郎ちゃんの帽子は戻って来ない。次郎ちゃんの帽子はお父ちゃんにせがんで買って貰った御気に入りの帽子で、おまけに大事にして居るバッチをも其の帽子の横に括《くく》り付けておいたのだ。追い掛け、取り返せねばならぬ。混み合う参道を僕達は急ぎ進む事にした。勿論、通りの両サイドには店が立ち並び、そこにも目を遣り、先に進む。余り急ぐので行き交う隣り合わせた人達から嫌な顔を浴びせられるが、それに気後れしてはいられない。此方《こっち》の参道にも金魚掬いあり、ヨウヨウ掬いあり、綿飴屋など色々な食べ物屋が立ち並ぶ。其等の店を覗《のぞ》き込み、先程の女の子を捜す。暫く捜してみたが見付け出す事が出来ないので、人通りの少ない露店商の裏手に廻る事にした。表側では参道の人波が、店の品物を物色しつつ歩くので混み合うが、店の裏側には雑草と木が立ち並んでいて歩く人がいない。躓《つまず》きそうな石など避けながら参道沿いに目を遣《や》り、先程の女の子を捜し求めていると、僕の足下に何やら固い物がぶつかり転倒してしまった。太郎、次郎ちゃんも吃《びっ》驚《くり》しながら僕の傍に駆け寄る。犯人はカセットラジオである。置いてあるのとは如何見ても違う。人通りの激しい参道とは異なり、金魚掬い屋の裏手の、雑草や木の間に放り出され、見捨てられた状態である。周囲には人影も無い、落し主が現れる間、次郎ちゃんが持ち歩く事にした。手懸があるので普通なら然程《さほど》苦にならないが、この混雑振りなので次郎ちゃんも邪魔に為るらしい。

「ミルキーの背中に括り付けたら如何だろうか」次郎ちゃんの冗談とも思われぬ発言である。お荷物扱いよりもスイッチでも入れ、聞き歩く方がずっと好い。太郎ちゃんの提案によりスイッチON。突如ビート猛々しいリズムが鳴り出した。祭りの混雑と相俟（あいま）って騒々しい限りである。それでも其のリズムに合せ、歩調を取る次郎ちゃんの風体は与太者である。帽子の件といい、ラジカセの件といい、楽しむべき縁日が人捜しに変化してしまった。自分の物に成るラジカセなら少し位の重荷でも我慢できるのだが、若《も》しも万一盗まれた物なら、僕達が持ち歩くと泥棒になる。落し主が現れたら返さねばならない。ラジカセだけでもお荷物を減らそうと、元来た道に逆戻り。ラジカセを落ちていた場所に戻《もど》そうとしていたら、不真面目そうな三人組が、肩を怒らせ歩いて来た。学校のクラスメートであろうか、次郎ちゃんに近付き話し掛けて来た。次郎ちゃんも笑顔で応対し、何やら話し合っていたが、落ちていたカセットラジオを差し出し、何故か見せていた。そのクラスメートは「有り難う」とお礼を述べて持ち去ってしまった。ラジカセも無くなった事だし、店の裏側から参道の往来に見遣《みや》っても、帽子は見付から無いので、勢い又参道の列に入り込む事にした。店の裏側から店と店との狭い間を通り、参道に出た途端、次郎ちゃん位の小学生が泣きそうな顔をして、何やら店の周りを捜し回っているのに出会った。お姉さんと一緒である。お姉さんは太郎ちゃんのクラスメートで、相当美人である。若しかすると、今し方落ちていたカセットラジオの事だろうか。恐る恐る太郎ちゃんが聞いてみた。その男の子は突き飛ばさんが勢いで、ラジカセの事を尋ねてきた。混み合って歩いている間に、何時の間にか、手にあるべきカセットラジオが無いのに気付いた。考えるに、その都度店先で座り込みながら店の品物に見入っていたが、その際必ず自分の横にカセットラジオを置き、立ち去る際には手に持って移動したとの事。然し雑貨屋から立ち去る際には置き忘れない様に、お姉さんに促され、雑貨屋で買い求めた品物と一緒に左手に持っていた筈《はず》のラジオが手には無い。その次に寄った店が、この金魚屋なのである。恐らく此の間の出来事なのであろう。色は何処にでもある白色で有るが下の箇所に、名前と住所をナイフで刻んでおいたので選別が効く。見れば直ぐに分かるとの事。次郎ちゃんがでしゃばり、太郎ちゃんのクラスメートの美人の姉さんが傍に居るのに、その男の子に住所と名前を聞き、見付けたら届ける旨約束し別れた。先程の次郎ちゃんのクラスメートが持ち去ったカセットラジオに間違い無い様な気がする。自分の物でも無いのに平気で嘘《うそ》を吐《つ》く、日頃から悪い事をする、程度の好く無い連中である。今度出合ったら少々強く問詰めて、其のラジカセの下の箇所に刻み込まれた住所と名前を調べ、取り戻せねばならぬ無い。先程三人組の持ち去る際の態度が訝《いぶか》しい。ニヤニヤしながら受け取り、捜し物が見付かり、ホッとした様子も無い。無造作に受け取った素振りは、自分の物でも無いのに、拾い儲けの様な態度である。併《しか》し万一、本当に次郎ちゃんのクラスメートの持ち物なら、僕達の行動は行き過ぎで失礼になる。その点に就《つ》いて太郎ちゃんも次郎ちゃんに問い掛《か》けたが、次郎ちゃんの答えも同じ意見である。出会った際に、何故次郎ちゃんがラジカセの話をしたのか。その際、自分の物であるのか否か、良く調べた後に自分の物であるとのお礼なのか。あの態度は唯単に良く見る事無く、自分の物であると「有り難う」と言って、手を差し出したに過ぎない。御礼こそ言ってるが、単に儀礼的に言い放ったに過ぎない。大体出会った際、何か好い事ないか、お前何遣って居る、と言いながら次郎ちゃんに近付いて来た態度その事が不審である。犯人は次郎ちゃんのクラスメートであり、被害者は太郎ちゃんのクラスメートの弟さんなのだ。まだ皆、家に帰る時間でも無い。協力して捜《さが》し求めれば、帽子の件といい良い結果を生むであろう。僕達は混雑で犇《ひし》めいている露店商に目を配《くば》りながら人を掻《か》き分け捜し求めた。

「アレ」次郎ちゃんの帽子が歩いている。人混みを分け入って、その人の前に立った。似《に》ているが別な帽子で、被っている人も先程の女の子では無かった。其の場所は丁《ちょう》度《ど》焼きソバ屋の店先であり、僕達が店の前に立ったので、その店の親爺さんは威勢の好い掛け声をかけて来た。仕様が無いので三人分買い求め、また人通りの無い店の裏側に陣取り、丸く囲んで、如何にしたら良いものか討議しながら食べた。空腹だったのか僕も至上に美味しく頂く事ができた。そこで暫く休憩する事にし、次なる行動に期待を込めた。

次なる行動は、神社の入口の所で待ち受ける方法と、中央のお神楽《かぐら》が行われている広場で待ち受け、取り返す方法である。帽子は被《かぶ》ってさえ居れば女の子の方でも気が付き、取り替えに来るが、カセットラジオの件に関しては少々恐ろしい気もする。次郎ちゃんのクラスメートが納得すれば良いが、強く出て来たら対処に苦慮するに決まってる。暴力にでも為ったら大変である。だからと言って、優しくしていたら絶対に返して貰《もら》える保障もない。その場に至ったら臨機応変に対応する事にし、先ずは神社の入口目指しての移動である。太郎ちゃんも次郎ちゃんも僕より背が高いので、急ぎ足でも体の上半身で他人との接触が避けられるが、僕は背が低いので、見回す限り足々足の連続で、ともすれば前の人の足の踵《かかと》でパンチを食う大変な道行きである。今も前の人の足が僕の頭に伸びて来たので首を横に振ると、横に居た子供の足に当たり、其の子の母親から注意を受けた。混み合う最中、幼《おさな》い幼稚園児を連れ歩く其の人の方が他人に迷惑を掛けているのに、自分の方は常に正しいと決め付けての態度である。悔《くや》しいので其の人の後に続き、その人の足に僕の足を乗せて遣《や》ったら、気付かないのか今度は注意が無い。僕が踏んずける分には痛く感じ無いのであろう。気にせず歩く事にした。

　前後左右足の連続で、其れを一々《いちいち》避けなければパンチを食らう僕の歩行は重労働である。今もチビッコが〝テクテク〟お母さんに手を引かれ歩いている。その足に僕の足を乗せて、試《た》めしたら転んでしまった。僕の仕業《しわざ》とも知らず、其のお母さんはチビッコに注意している。怪我でもしたら気の毒なので僕の方が注意し、太郎・次郎ちゃんの後を追う。暫く歩いているとベタッと頭に何かが当たる。見回すと斜め前に歩いている女の子が手を下に振り、棒に付いたアイスクリームを僕の顔に向けて打付ける。僕も顔に付けられる事よりも口の中に入れて貰い、舌で嘗《な》める方を選び、その女の子に添って歩く事にした。夏の暑さと、人混みの混雑で気温が高い所為か、アイスクリームの解け具合が丁度《ちょうど》僕の舌に染み渡り、喉《のど》の渇《かわ》きを潤《うるお》すには最適である。その女の子は何時までも気付かず、到頭半分位が棒だけになり、僕は嘗《な》めずらいので其の場から急ぎ立ち退き、前に進む事にした。口の中にはアイスクリームの味が残り、仄《ほの》かな甘さが口一杯《いっぱい》に広がる。

暫く歩くと心配して太郎・次郎ちゃんが途中で僕の来るのを待っていてくれた。もう目指す入口は間近である。人の混雑が治まる開けた場所まで行き、そこで腰を下ろし、道行く人達を見回す。次郎ちゃんは赤い帽子を被《かぶ》り、辺りを隈無く見回すが中々目的の女の子が現われない。そうしている間に、次郎ちゃんのクラスメートの女性に出会ってしまった。クラスメートは〝ゲラゲラ〟笑いながら近付き、上から下まで眺《なが》め回し、「次郎ちゃん何時女性に変身したの、スカートは穿《は》かないの」と戯れ付いて来た。次郎ちゃんも少し前まで、男であった。帽子を間違えられた時に女性に成ってしまったのだと、冗談《じょうだん》ともとれぬ応対である。その同級生の女の子は、男の帽子を被った〝女の子〟の存在は知らない。混雑していたので気付かなかった。交換するまでその女の子の帽子を被っていた方が良い。「好く似合うわよ」と冷かしながら帰って行ってしまった。

反対側の出入口からもう既に帰って仕舞ったのではないのか、少し不安に為ったがもう少し我慢をし、此の場所で道行く人の頭と手元に目を配る事にした。

雑踏の中から若い茶髪の奥様がチビ君と出て来た。其のお母さんに手を引かれたヨチヨチ歩きのチビ君が、僕の側に来て立ち止まり、お菓子を差し出し、僕の頭を撫《な》でてくれた。美味しいお菓子なのでお代《かわ》りを強請ってみたら、僕の足の上にお菓子を置いてくれた。僕がお菓子に顔を近付け、口の中に入れたら、そのチビ君大変喜んで僕と遊ぼうと懸命に僕を追い求め転んでしまった。チビ君を抱《だ》き起こしたお母さんは猶も追縋《おいすが》ろうとするチビ君を窘《たしな》め、僕にウインクを送り立ち去ってしまった。チビ君のお菓子は大変美味しい。もう少し僕と遊んでくれたら好いのにと思っていたら「ミルキー」、太郎ちゃんの呼ぶ声が、直ぐに其処に駆寄《かけよ》ると、太郎ちゃんが自分のズボンのポケットに手を差し込み、何かを捜している様子である。次郎ちゃんも駆け寄って心配そうに顔をしかめている。先程買い物をして、ポケットに財布を突っ込む際、キチッと財布を入れずに落としてしまったのである。来た道を逆戻り。最後に買い物をした焼きそば屋の周辺を捜し周る事にし、また人が混み合う雑踏の中に足を踏み込んだ。僕は足が林立している間を貫って太郎、次郎ちゃんより先に店に向かう。早くしないと誰か余所《よそ》の人に拾われ、もう戻って来ない。多少の怪我も苦にせぬ覚悟《かくご》で突っ走る気構えでいるのだが此の混みよう、足が前に進まず歩くのが精一杯である。まして上半身を対象に上の方ばかり見ている人達には、僕の存在が分からない。向かって来る人には爪先《つまさき》が、同じ方向へ行く人には足の踵《かかと》が僕の頭を掠《かす》める。戦争時の突撃を思わせる応戦振りである。逸速《いちはや》くその場所に到着した僕は、焼きそば屋の周りを隈無《くまな》く捜し始めたが目的の財布が見当たらず、有るのは多少の焼きそばの入れ物が落ちているに過ぎない。入れ物の中にでも間違って入ってやしないか、他人の財布でも落ちて無いか猶も捜し求めたが見当たら無い。若《も》しかして先程座り込んで焼きそばを食べた、あの場所かも知れない。僕は勢い、店の裏手に回り、先程僕達が休憩した場所に行って見た。苦労して捜すまでもなく、座る時に下に敷いた新聞紙の脇にきちんと置いてあった。善《よ》くも無くならずに其の儘《まま》の状態で有るものだ。暫く其処で休憩し、太郎、次郎ちゃんの来るのを待つ事にした。僕が体を伸ばし横たわって居ると、尻尾《しっぽ》を引っ張る人がいる。「ワン」振り返ると何時の間に来たのか、其処には太郎、次郎ちゃんが「ミルキー狡《ずる》いよ」と立って僕を見下ろしている。僕が財布を差し出すと、二人共急に和《にこ》やかに成り、輝くばかりに僕を見入った。僕は得意に為り、何か食べさせて呉《く》れるべき報酬を要求した。太郎ちゃんは機嫌好く財布を持って出て行った。僕の横に次郎ちゃんが黄色いリボン付きの赤い帽子を被《かぶ》り座り込み、僕の頭を撫《な》でながら今度は時間を気にし始めた。次郎ちゃんがクラスメートに貸したお金を返して貰う可《べ》き、午後四時が気になるのだろう。次郎ちゃんが不安気に僕に話し掛けた。「本当にお金を返して呉れるだろうか。彼奴は悪賢《わるがしこ》く、自分の家が金持なので其れを鼻に掛け、苛《いじ》めは厳しい。此の件も虐《いじ》めの一部なのではないのか」

僕が考えるに、貸《か》したお金は絶対に返して貰《もら》わなければならない。大体お金の貸借りは余り善い事ではない。貸す方では何時までも覚えているが、借りた方では直に忘れてしまう。嫌な思いは何時までも持ち続けない方が好いのかも知れ無いが、貸した人にしてみれば、その人が困って居るので不幸を取り除く手助けをした優越感に浸り、助けて貰《もら》った人が、助かったのだから何時までも自分の事を大切に思って呉れると勘違いする。ともすると借りた人は借りた事をすっかり忘れ、後でお金を返して貰《もら》うべき催促《さいそく》に対し文句を返す人すらいる。困った人を救ってやったのに文句を言われ、挙《あ》げ句の果ては返して貰えず、嫌な感じが何時までも残り、なかなか癒《いや》せず、その後喧嘩の種に為ったりする。借りた物を返さぬ行為は悪を増長させるので許す事ではないのだ。また一度嘘を付くと癖《くせ》になり、一度の嘘に其れ以後その嘘に合わせようとして二度も三度も次から次に嘘を付かなければならない破目に陥《おちい》る。嘘は自分自身だけでなく、周りの人全体が混乱する。泥棒《どろぼう》と同じ様に社会生活を破壊する行為である。自覚し自分自身が納得の行く形で立ち直らなければならない事柄である。又怒る事は不可《いけな》い行為、怒る事は愛情無きの現われと解釈し、私は嫌ってる。愛情が無い。憎んでいると判断する人もいる。愛情とは押し付けでも無いが、その人に手助けし、喜ばれる行いで、手助けした自身も喜ぶ行為である。悪い事に援助すれば悪が栄《さか》え、自分も悪の道に入り込む行いである。自己に問う。「総ての道はローマに通ず」との諺《ことわざ》がある。総て目的に向かっている訳でも無い。それを見分ける教育も必要である。

人間は食物だけでは生きられない。他人からの理解と自分の存在を認められ、対話など話し合いに応じてくれる愛情が必要なのだ。他人が自分の存在を重んじ、大切にしてくれる感情が必要で、その欠如が無意義である。生きるべき必要性に疑問が起こると自殺に追い込まれる。己を虚《むな》しうす、そして自虐《じぎゃく》に。現実の苦しみに対して逃げ出すのに死は苦しい行為。それ以上の苦しみを求める行為は無い。生活するには教養も愛情も必要で、教養には社会生活を営む糧《かて》を得る為に手足を動かし、物を作り出す能力と、善し悪しを判断する能力が必要である（錯綜の整理）。手足を動かし物を作り出す指令は脳が司《つかさど》る。教育を通して知識を得、脳にその知識を蓄積し、必要に応じてそれを取り出す、生活に生かせる能力が必要である。時代と共に価値観も変化し現実社会で何が一番大切なのか、実生活を進める上での教育は何か、見極《みきわ》める能力も必要である。それを身近な人が援助する事、それも愛情の表われである。愛とは貰《もら》う物と異なり与える物であるという考え方も有るが、受入れるべき人の求めない邪魔《じゃま》な物を押し付けて、好い気持になる愛情の押売りは止めた方が良いと思う。

「ワッ」と鬼の仮面を被った太郎ちゃんが急に僕達の前に立ちはだかった。赤鬼のお面である。次郎ちゃんは僕の横で頭を垂《た》れ、考え事をしていたので太郎ちゃんの足音には気が付かず、急な大声と鬼のお面で「ギャー、助けてくれ」と大声を張り上げ、四つん這《ば》いで逃げ様としたが、ズボンを引っ張られ、その場に頭を抱え俯《うつぶ》せに為ってしまった。太郎ちゃんの笑い声で初めて気が付いた次郎ちゃんは起き上がりながら太郎ちゃんを突飛ばした。「ゴメン、ゴメン」と太郎ちゃんは蹌踉《よろ》けながら僕達の隣に座り、買って来た〝おでん〟を広げた。串に刺した〝おでん〟がハッポウスチロールの入れ物に三本入っている。勿論《もちろん》僕の分もある。二人は串を手で掴《つか》み、食べる事が出来るが、僕には入れ物と一緒に串を抜いた〝おでん〟が置かれた。湯気の立ち上る未だ熱い竹輪《ちくわ》である。舌で嘗《な》めてみたら少し味が舌に伝わり食欲を誘う。気を付けながら口の中に入れてみた。案の定、未だ僕には食べられない熱さだ。二人の美味しそうな食べ姿を見ながら僕は竹輪が冷めるまで待つ事にした。太郎・次郎ちゃんは〝おでん〟を食べながら互いに顔を見合せていたが、赤い女の帽子を被った次郎ちゃんが貸したお金の事について太郎ちゃんに相談を求めた。お金を借りた次郎ちゃんのクラスメートは質《たち》の悪い、強請《ゆす》り集《たか》り等をして小遣稼《こづかいかせ》ぎをしている人で、今になって貸した事に不安を感じ始めた。返して貰《もら》えれば良いが、返して貰えなかった時の心配である。太郎ちゃんも少し不安を感じたが既《すで》に貸してしまった事だし、今は問題無く返して貰う事、それだけである。僕も冷めた竹輪を口に運びながら太郎ちゃんの答弁に納得し、竹輪と一緒に腹に飲み込んだ。その時五人の質の悪い中学生が僕達の所へ来てジロジロ見回し、近付く。僕が「ウー」と唸《うな》ると、太郎ちゃんが僕の行動を察知したのか、僕の体を押え、頭を叩《たた》いて静かにしなさいと制止させた。僕は心の動揺を押え、太郎ちゃんの対応に任《まか》せ、出過ぎた行動は慎む様自分を戒《いまし》め横に避けた。太郎ちゃんは其の五人組に何か用事ですかと尋《たず》ねたが、五人組はお前達一体何遣ってるの、赤い帽子に鬼のお面、それに犬に〝おでん〟かと言いながら猶もジロジロ見回す。次郎ちゃんは座った儘《まま》思わず帽子を脱ぎ、頭を下に向けた。太郎ちゃんはズボンのポケットから財布を取り出し、その五人組に手渡した。その五人組は財布を開いて仲間の掌《てのひら》に散蒔《ばらま》いた。少ない小銭がポトポト落ちた。それを見た五人組は顔を見合せ「何だ此《こ》れ」いい加減にしろと言いながら太郎ちゃんの頭を小突き、今度は僕の方に目を向けた。太郎ちゃんの空の財布で僕の頭を叩きながら、「此の汚い犬は何だ、お前が〝おでん〟食べるのかよ」と絡《から》み始めた。「馬鹿ヤロー」お酒だって飲む僕に向かって何だと唸《うな》ったが、五人組には聞えないのか僕を揶揄《からか》う。其れには我慢できずに次郎ちゃんは立ち上がり、僕の周りに居る五人組に体当りを噛《か》ました。相手は中学生である。しかも喧嘩を遊びにしている人達で、体当り位では到底押え込む事など不可能である。其れでも二人の中学生が後ろに突飛ばされ、雑草や石ころで覆われた地面に足を取られ、尻餅をついてしまった。「何だお前は」途端に五人組の罵声《ばせい》が飛交い、次郎ちゃんが押え込まれ、顔にパンチを浴びせられ、その場に転ばされてしまった。其れを取り囲んだ五人組は猶も小突こうと足を出し、次郎ちゃんの体を蹴飛《けと》ばし出した。傍で様子を窺《うかが》っていた太郎ちゃんは「ワーッ」と大声を張り上げ、取り囲んでいる中学生を手で押退《おしの》け、次郎ちゃんの体を背に両手を広げ中学生達の前に立ちはだかり、これ以上の暴力を阻止しようと試《こころ》みたが中学生に次郎ちゃん同様蹴飛《どうようけと》ばされ、次郎ちゃんの横に押し倒《たお》されてしまった。次郎ちゃんの体当りが五人組の乱暴に火を付け、誘発したのか。僕は直様《すぐさま》太郎ちゃんの傍に行き、太郎ちゃんをガードし、中学生達に闘志を向けたが太郎ちゃんの「止しなさい」の言葉に気勢を殺《そ》がれ、只《ただ》その場に佇《たたず》むだけである。今度は僕に目を向けた中学生達は僕の体を押え付け、僕の顔に悪戯《いたずら》書きを始めた。如何して中学生が持っているのか、まして男性である。考えられない事である。女性の持つ化粧道具を此の五人組が持って居るのである。口紅で僕の鼻を紅く塗り潰《つぶ》し、目の周りに墨で丸く眼鏡を書き、五人組はゲラゲラ笑いこけ、その場から立去ってしまった。好く学校のクラスには顔役がいて、他所のクラスや他校からの侵《しん》入《にゅう》を阻止すべきガードをしてくる。但し営業費が掛《かか》り、ガード料として、一か月に帳面二冊位のお金を貸して呉れないかと集《たか》る者も居る。現在の様な警察の目が届かない場所での防御には必要なのかも知れない。教育の必要性を感じる。此処《ここ》は学校では無い。その場に残された僕達は座り込み、うっ憤を晴らすべき気持の拠所《よりどころ》を探したが、周囲には見当たらない。「ギャー」と大声を出して喚《わめ》き散《ち》らしたい、衝動にかられる。その僕の顔に気休めを求めて太郎・次郎ちゃんは笑い出した。最初は自棄《やけ》っぱちな笑いであったが、徐々に心の底から込上げてきたのか「ゲラゲラ」笑い出し、僕の顔を覗《のぞ》き込み腹を押え笑い崩れてしまった。僕としては堪《たま》った物では無い。未だ先程の嘔《むかつき》が癒《いや》されていないのに、兄弟して僕の顔を覗《のぞ》き込み、挙《あ》げ句の果てにその場で腹を押え、俯《うつぶ》せに笑い転げている。僕は悔《くや》しさを堪《た》えながら「キッキッ」と歯を鳴らし、二人の横に座り込み暫《しば》し考えた。

本能とは周囲の変化、刺激に対して何時も決った行動や反応を示す性質。経験や学習で身につけるのでなく生まれつき備わっている能力。子供を産み育てるというのは動物の本能である。代々受け継がれ自然界の摂理に従う。勢力を奮《ふる》うためには仲間が必要であり、他の人より能力が上でなければならない。使わない機能は自然と退化する。真剣な一生懸命に意味があり、選択の方向に意味がある。挫《ざ》折《せつ》すると二度と浮かび上がる事が出来ない場合が多い。目指す向きを変え、道を替えて再出発するしか無い。何が必要なのか、見極める能力。何が大切で、それを得る為には何を失うか。遺伝とは違った経験によって得られ、勝ち取る人生である。教育によって請《こ》うありたい、在るべきだは考えずして体に備わっていなければならないもので、生まれながら持つ欲望と必ずしも一致しない場合もある。他人との競争もあるが、本質は自分との闘《たたか》いである。他人を参考にし、自分の目的や目標に自分が如何《いか》に為《な》すべきかを考えて行動する事なのだ。思考でなく行動が大切なのだ。

「さあ出発」と太郎ちゃんの威勢の好い掛け声に促《うなが》され、僕達三人は何も無かったかの様に立ち上がり、縁日の群に足を踏込んだ。その途端「アッ」と後ろの方から声がした。振返ると、二人の女の子が手を振り振り息を切らせて僕達目掛《が》けて近づいて来る。手には次郎ちゃんの懐《なつ》かしい帽子が握《にぎ》られている。大分捜し回った末の再会であろう。喜びと悔しさが交差した複雑な顔つきである。傍に来るなり「何よ此れ」。然《さ》も汚い物を渡すかの素振りで帽子を差し出す。「摘む事は無いだろう」と次郎ちゃんの返答にニッコリ笑って応対した女の子は、次郎ちゃんの頭の上に自分の帽子が乗っているのに気が付き、怒り出してしまった。お母さんに買って貰った大切な帽子を、「汚い頭に被《かぶ》るなんて失礼とは思わないの。もしも帽子に被害が有ったら弁償してよ」と二人の女の子は次郎ちゃんに言寄り、体を指で小突いている。次郎ちゃんの困惑に太郎ちゃんが間に入り説得に臨《のぞ》んだ。僕達も今まで散々捜し周っていたのだ。捜《さが》し周る際、見付けて貰《もら》える事も考え、次郎ちゃんが頭に帽子を乗せ立ち周った。頭の大きさが同じで、帽子が大きくなる恐れは無い。先程転んだので多少は汚れが付着したかも知れないが大丈夫であるとの事を、それを耳にした途端、その女の子は受け取った帽子に目を遣《や》り、隈無《くまな》く隅々《すみずみ》まで調べ出した。次郎ちゃんも戻って来た自分の帽子に目を遣《や》り、異常が無い事を確認していたが、頭に被《かぶ》り安心した顔を此方《こっち》に向けニッコリ笑って見せた。僕も尻尾《しっぽ》を振って次郎ちゃんの喜びに応えた。太郎ちゃんは二人の女の子に囲まれ頭をペコペコ下げ、赤い帽子に損傷部分があるかも知れ無い不安にかられながら其の場に立竦《たちすく》んでいたが、別段異常が無い事が分かったので女の子をその場に残し、僕達を促し歩き始めた。後ろの方から女の子の声が飛交《か》う。それを無視し、僕達は先に足を進めた。目的地は本堂横の銀杏《いちょう》の木である。次郎ちゃんの同級生に貸した、四時に返して貰《もら》うべきお母ちゃんから預かったお使いのお金である。帰りに買物してお母ちゃんに渡さねばならぬ大事な品物を。間違いが有ってはならないのである。胸を張り、勢い足が速くなる。二人の後に僕も近付き歩くのだが、背が低いので周囲の人達には僕の存在が分からず、透《す》いている場所と勘違いし足が出される。僕は蹴られまいと体を左右に移動しながらの歩行である。僕が踏付ける場合には痛く無いので大丈夫であるが、他人に踏まれた場合の痛さは堪《たま》らない。骨にも異常を来し兼ねない恐ろしい事なのだ。噛付《かみつ》く位のお返しは許されるかもしれない。だが犬とは一度噛み付くと、それが癖に成り習わしになる。一寸《ちょっと》した事で牙を向き、強がる犬も居るが、ゴロ付き犬の誕生になる。僕は清く優しくを保ち続けねばならない。今も足が跳んできて僕の体を蹴飛ばしたが、それ程強い衝撃では無いのでそれを無視し、次郎ちゃんの後に続き、やっとの思いで人通りの開けた本堂前の広場に出た。広場の周りには参道と同じ様な露店商が立並んで居る。だが広場の中心部に数軒の店があるだけで、歩き周るにはそれ程不自由は感じられない。

今、目の前にお祭りの半纏《はんてん》を着た小さなお姉ちゃんが、お母さんに手を引かれ歩いている。そのお姉ちゃんの手には風船が糸に繋《つな》がれフワフワ浮いて、糸を握《にぎ》り締めるお姉ちゃんの後に続く。その風船に縁日に来ていた何処かのお兄さんが、顔を叩かれた。お兄さんの身長は丁度《ちょうど》風船の高さにある。ムッとして怒った所で相手は風船だし、小さな女の子である。自分の顔に手を当て撫で下ろして風船に見遣《や》ったら、その風船には目あり、鼻あり、口も書かれてあり、糸に引かれてお辞儀をしている。お兄さんの方は吃驚《びっくり》して思わず風船にお辞儀をし、その場から立去ってしまった。小さい女の子も、お母さんにも、それには気付かず手を繋《つな》ぎ、周囲を見物しながらゆっくり歩いている。僕が其れとなく見入って立ち止まっていると、先に歩いていた次郎ちゃんが心配して、遅れた僕を迎えに戻って声を掛けて来た。「ミルキー風船買って遣ろうか」。僕には会話する事が出来ない。次郎ちゃんの傍に擦《すり》寄ると、次郎ちゃんは僕を従えて風船売場の方へ足を進めた。僕はその後に従う。道行く人が僕の方を見て笑う。中には指を差して笑う人もいる。先程の悪い中学生が僕の顔に書いた悪戯《いたずら》書《が》きに因《よ》る物である。美しい僕の顔も落書きされたら、唯の普通の顔に成ってしまうのか。些《いささ》かムッとしたが、悪気で笑っている訳でも無いので気にもせずに次郎ちゃんの後に続き、風船屋に足を進める。其処には海に住む蛸《たこ》の様な小父《おじ》さんが細長い風船で鉢巻をし、威勢の良い掛け声で、周りの人達に愛嬌を振撒《ま》き客の足を引寄せている。

銀色で宇宙衛星に似せた円盤みたいな風船もあり、其の風船は人気がある。意外と買い求める人も多く、店の前には人集《だか》りがある。その中に五歳位の男の子が居て、僕の姿を見て近付いて来た。見るからに乱暴そうな子供である。傍にお母さんが居たが其の場所から子供が離れ、僕に近付くのにそのお母さんは気付かず、自分が注文した風船に見入っている。お母さんの手から離れた其の男の子は僕の顔を見て、行きなり頭を拳固でゴツンと叩いた。僕は悔しく遣切《やりき》れない思いで、その子供に向かって歯を剥出《むきだ》し唸《うな》ってみた。口を閉じて睨《にら》み返す其の子供は「キキキ」とお猿さんの様な声を発し、お母さんの下《もと》へ戻って行ってしまった。「何だあれ」、気が付いた次郎ちゃんが僕の頭を摩《さす》りながら声を発した。その男の子のお母さんは全然気付かず涼しい顔で、風船屋の小父《おじ》さんとお喋りをしている。その顔を見入ったらお化粧の口紅が無闇《むやみ》に大きく、色濃《こ》く、だらし無く見えた。「何だあれ」。僕も腹立たしい気持を晴らさん許《ばか》りに叫んでみたが、周囲の雑音に掻《かき》消され、気付く人もいない。風船を買い求め立去る際、此方を向いて初めて僕達の存在を知った其のお母さんは、僕を指差し、笑い出してしまった。お母さんに手を繋がれた男の子は、又も「キキキー」と変な声を発し、お母さんに抱付き甘える。「此れ此れ」と言いながらお母さんは、子供の背中を軽く叩き、お互いに顔を見返し笑いながら其の場から立去って行く。悔しくなった僕は後を追い掛け、その男の子の足を駆寄り様踏《ふん》付けて、次郎ちゃんの元へ戻って行った。後ろの方であの男の子が今度は「クックックッ」と声を発してる。何だろう、笑っているのか怒って居るのか良く分からない声である。あれは一体何なのだ、不思議である。

僕は次郎ちゃんと顔を見合せながら風船の注文をした。次郎ちゃんが僕に買い与えた風船はゴムで出来た、普通の風船である。唯表面に眉毛や目、鼻や口などが書かれてある人間の顔に似せた丸い風船で、指で押すとその顔の表情が変化し、笑ったり怒ったりもする。僕が風船に取付けた糸を口で押えていると、風船屋の小父《おじ》さんが跳《と》んで来て、僕の口から糸を外し、首に巻き付け結んでくれた。僕の頭の上に風船が、その高さが丁度次郎ちゃんの背の高さと同じ位置にある。僕が歩く度毎《たびごと》に風船が前後左右に揺《ゆ》れ動き、次郎ちゃんの顔を撫《な》でる。それを手で押し退け、太郎ちゃんの待つべき銀杏《いちょう》の木に向かって歩いていた次郎ちゃんだったが、やがて風船をサンドバックに見立て、ボクシングの真似《まね》を始めた。風船にパンチを加えると、風船がその度毎《たびごと》に顔の表情を変え、次郎ちゃんの顔にぶつかる。作用に対する反作用の反動による反撃に、次郎ちゃんも一瞬たじろいだが、今度は左右に避《さ》けたり後ろに下がり、益々ボクサーに成り切る。僕の首に巻かれた糸がその都度動き、首を擦《こす》る。僕も左右に動き、上の風船を移動させる。周囲には人通りもあり、時々道会う人に接触する場合もあり、他人に迷惑を掛けるが、興奮していてそんな事には無頓着。その内次郎ちゃんが石に躓《つまず》いたのか、引繰り返ってしまった。その上に僕が乗っかりふざけていると、通り掛《がか》りの男性から危《あぶ》ないからお止しなさいと窘《たしな》まれた。悪ふざけから我に返った二人は、銀杏の木の場所へと向かった。辿《たど》り着くと、太郎ちゃんの姿が見当たらない。僕達の到着が遅いので心配し、捜《さが》しに行ったのでは無いのか、離れずに歩いていれば良かったと思ったが、今更どうしようも無い。唯此処で太郎ちゃんの帰り来るのを待つしか無い。二人で目配せし、銀杏の木の横に紙を敷いて座り込み、道行く人の見学と決めた。ひょっとすると、次郎ちゃんのクラスメートが最早《もはや》太郎ちゃんと会って、借りたお金を太郎ちゃんに返し、太郎ちゃんが遅れた僕達を捜し周っているやも知れない。しかし此処から移動する事は、待合せの場所を失うので、良い結果が生まれない方が多い。逸《はや》る気持を抑え、周囲を見回していると、ヨチヨチ歩きの男の子が、風車を持って僕達の前に現れた。少し風が吹いているので、持っているだけでも風車は回るのだが、その男の子は乱暴に振回すので却《かえ》って風車の回転がスムーズに行かず、軋《きし》んで好く回らないでいる。それが気に入らないらしく、その男の子は風車を持った腕を力強く前後に振り回す。ヨタヨタ歩きなので重心が定まらず、足を取られ、今にも転びそうになるのだが中々転ばないで、僕達の前を行き来する。その真剣な眼差に、僕は心打たれる思いがした。一生懸命が良いのだ。目標設定を高く望むと苦になる。可能性に向けて遣《や》るだけ遣って、自分の自己満足を満たす。是《これ》で良いという事は無い。明日の確実に保障無し。現在目標に向かって一生懸命に頑張っている事が偉いのだ。今このヨチヨチ歩きの男の子には、自分の出来る限りの努力を傾け、風車をより沢山回転させるのに一生懸命に頑張っているのだ。その姿は何と楽しい事か。感動して見ていると、次郎ちゃんも同じ様な事を考えたのか、初めのだらしない笑い顔が何時の間にか真面目な顔つきに為って見詰め、何時の間にか立ち上がり、その男の子の素振りに目を追い、転んだ時のガードの用意をしている。いざ転びそうに為ったら、其処から飛出し、怪我の無い様保護する目的なのだ。僕だってヨチヨチ君が躓《つまず》き倒れる様な事が起こったら、直様《すぐさま》その下に飛《ど》んで行き、下敷きになって、怪我の無い様ガードする積りでいるのだ。風車も色取り取りの模様で飾られ、回転すると混ざり合い、一色に変化する。何れも綺麗な色で美観を呈《てい》する。風車に見入って居るのに、何時戻ったのか、「ワアッ」太郎ちゃんが大声を出して現れた。次郎ちゃんも僕も度肝《どぎも》を抜かれ、今までの緊張した気分が一瞬の内に途切れてしまった。太郎ちゃんの方に顔を向けて、気持を落着かせてからヨチヨチ君の方に顔を戻した。ヨチヨチ君は僕達の目の前で倒れている。しかも風車を握った腕だけは高く持ち上げ、顔も体も地面に俯《うつぶ》せになって踠《もが》いている。これは大変である。僕達三人は直様《すぐさま》ヨチヨチ君の傍に行き、抱き起したが、ヨチヨチ君は泣きもせずニッコリ笑って、風車の無事な事を確認し、元気良く立ち上がった。「どうもすみません」と何時の間に、何処から来たのかお母さんが声を掛けながら其のヨチヨチ君に近付き、抱き上げ、ヨチヨチ君をおんぶして行ってしまった。その後ろ姿を見ると、片手《かたて》を高く持上げ、その手には風車が威勢良く回転している。

「太郎ちゃん、何処へ行ってたの」と次郎ちゃんの質問に太郎ちゃんはオシッコしたく為《な》って、トイレに行ったが混んでいて今に成ってしまった。御免《ごめん》御免との事《こと》。それにしても、もう四時に為るのに、次郎ちゃんのクラスメートはお金を返しに来ない。騙《だま》されたとしたら如何しよう。お使いをして帰るお金も無いし、第一悪い行いに協力した事に我慢出来ない。銀杏《いちょう》の木を中心に、広場の周囲を三箇所に分かれ捜し周ったら如何だろう。次郎ちゃんの提案に即実行に移す事にしたが、僕が二人を呼んでも、僕の声で二人共理解して呉《く》れるだろうか心配になった。でも何時も行動を共にしている二人である。僕の「ワン・ワン」でも聞き分け飛んで来てくれるであろう事を信頼し、三分の一の区分を受持ち、頭の上の風船と共に行き交う人々に目を向けた。他の二人と違い、僕の風貌《ふうぼう》は奇怪なもので、目の回りは墨で書かれた眼鏡で、鼻《はな》の回りは口紅で真っ赤に塗立てられ、首には糸で巻き付けられた風船を頭の上に挿頭《かざし》ての出立である。近付く人が一瞬立ち竦《すく》んだり、吃驚《びっくり》して自分の目を疑う人すらいる。比較的小さな子供達は冷静で僕の姿を見、手を差し出し、ニコニコ愛情を向けてくれる。それにしても早く、僕の顔の悪戯《いたずら》書《が》きを洗い落さねば様にならない。首に結んだ風船も、最初の内は楽しく感じられたが今は苦痛に感じられる。次郎ちゃんの様に、通りすがりの人達が、僕の風船にパンチを加えるのだ。早く此の境遇から脱却したい衝動に駆られる。それにしても、お金を返しに来ないのはどういう所存か。人との結び付きは、お互いの信頼関係の上に成立ち、信頼無くして自分の存在は語れない。自分とは対人との対比により、その存在価値を知るものなのだ。それにしても僕の側を通り過ぎる人達の何と不自然な事か。最初吃驚《びっくり》、周りを見回し、それから風船にパンチを加え、通り過ぎて行く。僕の存在は此処《ここ》では一体何なのだ、玩具《おもちゃ》なのか。僕の仕事は次郎ちゃんのクラスメート捜しに懸命なのに、その感情を殺《そ》ぐとは、僕の行動を一寸《ちょっと》でも観察すれば直に分かるのに、小憎らしい人達である。

「ゴツン」と風船で無く、直接僕の頭に何か硬い物が当った。目に星がちらついたが我慢し、良く見返して見ると、カセットラジオである。目の前を通り過ぎて行く。先程の次郎ちゃんの友達が手に下げ、振らし持ち歩いているのだ。そのカセットラジオは太郎ちゃんのクラスメートの弟の持ち物。僕は直様「ワンワン」と吠《ほ》えてみた。太郎ちゃんも次郎ちゃんも僕の声が聞えないのか、近寄ってくれない。逃げられたら大変である。何か良い方法が無いものか。「ワン・ワン」吠えながらラジカセの後に従い歩き、考えてみたが何も思い浮かばない。然《そ》う斯《こ》うするうちに次郎ちゃんのクラスメートは、広場から参道の人込みの中にと入りかけた。正義の為に勇気を出し、少し位悪さしても泥棒を取り押える。しかし方法が無い。まず第一に歩いている足を踏ずけてみた。全然反応なく、逆に後ろ足でお腹を蹴られ、その場にダウン。それに気が付いたのか「何だよお前」と次郎ちゃんのクラスメートは振返り、僕の存在を初めて知った様である。僕の顔を良く観察し、頭を傾《かし》げながら僕の風船にパンチを加えて、通り過ぎ様と足を前に出した。その時僕が其の足に体当りを加えると、次郎ちゃんのクラスメートはその場に引繰り返ってしまった。「ワンワン」と僕が呼ぶ声に気付いた太郎ちゃんと次郎ちゃんが駆付けてくれた。「ミルキー大丈夫か、怪我はないか」と駆寄った二人は僕の体を抱き起し、頭を撫でて労を犒《ねぎら》ってくれた。「何だよお前達」と次郎ちゃんのクラスメートは腹を立て、文句を言って来た。それで初めて太郎ちゃんは次郎ちゃんのクラスメートに目を向け、対応した。「君、先程のラジカセは君の物であると言ってたね。それを一寸見せて呉《く》れないか」一瞬たじろいだ次郎ちゃんのクラスメートは不貞腐《ふてくさ》れた素振りを見せ付け、「難癖付けるなよ」と凄味《すごみ》を利かせながら太郎ちゃんを睨《にら》んだ。恐ろしくもあったが其れには怯《ひる》まず、「もう一人落し主が現れてねえ」と太郎ちゃんの返答である。其れでも未だちゅうちょした素振りに僕は腹が立ち、カセットラジオの下に頭を打つけながら「ワン、ワン」と吠え立ててみた。往生《おうじょう》したか次郎ちゃんのクラスメートは、持っていたラジカセを太郎ちゃんに渡し、「俺の物だぞ、良く見て調べろよ」と、他の友達の方に顔を見遣《みや》った。僕はその友達の前に立ちはだかり、前を遮《さえぎ》った。その友達二人は僕の風船を叩いて遊んでいる。太郎ちゃんは直様ラジカセの下の部分を次郎ちゃんに向け、二人して見回して見た。あった。ナイフで彫上げられた住所と名前が、目立たぬ様、しかし明瞭《はっきり》と刻まれている。それを確認した後、次郎ちゃんのクラスメートに向かって太郎ちゃんは〝明瞭《はっきり》〟言切った。

「君の物では無い、返して貰いますよ、良いですね」と、覗《のぞ》き込《こ》んでいた次郎ちゃんのクラスメートは、その名前の子から貰ったのだと言い出した。収拾《しゅうしゅう》に困り途方に暮れていたその時、持主である太郎ちゃんのクラスメートの女の子と、その弟が駆寄って来た。それと知った太郎ちゃんが勇気を取り戻し、誰から貰ったのか問い詰め直した。此のカセットラジオは、此処に居る弟さんの持物である事を念を押して言い加えると、耳まで真っ赤にした次郎ちゃんのクラスメートは、〝チェ〟と捨台詞《すてぜりふ》をラジカセを其の儘《まま》残し、他の二人の友達に声を掛け威張って其の場から立去って行く。腹が立った僕は、もう一度立去る人達の後を追い、腹立紛れに足を踏んずけてみた。

「コラッ」と今度は感触があったのか咆鳴っている。悪い事をしたら償わねばならない僕の道徳的行動なのだ。残されたラジカセは無事太郎ちゃんのクラスメートの弟さんに渡され、その弟さんの喜びをクラスメートの女性は目を輝かせ見ていたが、それを太郎ちゃんにも向けて来た。応対に困った太郎ちゃんは学校の話題に矛先《ほこ》を変え、恥ずかしさを包み隠《かく》してしまった。僕には分かる、太郎ちゃんの話相手は美しい女の子である。次郎ちゃんの催促に我に返った二人は、挨拶を交し、その女の子は弟さんと、また人の込《こみ》合う参道に足を向け立去って行ってしまった。

次郎ちゃんは四時に為っても返しに来ないお金の事が心配で、太郎ちゃんを急がせる。亦三方面に分かれての捜索活動の始まりである。もう既《すで》に返して貰《もら》うべき時間は過ぎている。でも返して貰わねばならない大事なお金である。嘘をついたとしても縁日の店での買物の為のお金欲しさからであり、未だ此の辺にぶらついているに決っている。もう既《すで》にお金は使い果し、残金が無いかも知れない。それなら其の家にまで押し掛け、お金を返して貰《もら》い、お使いを済ませて帰る。其れが僕達三人の合意行動なのだ。

確実に向かって起す行動もあるが、こうありたい、こうあって欲しい願望の行動もある。動くという行動が自分を安心させ、納得させる手段なのだ。結果が総てかも知れないが、その過程の努力が自分自身を納得させ、安心させ、能力を育て自信を培《つちか》う手段なのだ。兎に角《とかく》やってみよう。遣《や》るしか無いのである。自分を偽《いつわ》る事には賛成できない。僕は二人と離れ、初めに来た神社の表門の方へと足を進めた。

雑踏の参道は相変らず込合っている。亦《また》足を踏付けられ、体を蹴飛ばされる運命に立ち竦《すく》み、躊躇しながらの行動である。でもお母ちゃんから預かったお金を返して貰わねばならない大切な役目。勇気を奮い立たせ捜索活動を開始した。広場から参道に入ってから五軒目の屋台店に差掛かった時、数人の小中学生が其の露店商前で群れをなし、騒いで居るのに出会った。何だろう、覗《のぞ》き見ると、お金を返すべき次郎ちゃんのクラスメートを取り囲み、皆して屋台の焼烏賊《いか》を食べ、ジュースを飲みながらの懇《こん》談である。何やら如何わしい相談であろうか、時々声が小さく成り耳打ちする。その中心的存在である次郎ちゃんのクラスメートは、満足気に皆を見回しニヤニヤしている。〝コラ〟そんな所で良い格好している時では無いぞ、早く銀杏《いちょう》の木の下に行き、借りたお金を返すべき行動を取れ。僕が幾ら傍に行き喋った処で、その小中学生には聞える筈も無く、胡散臭相《うさんくさそう》に僕の方に時々目を遣《や》る。其の内一人が僕の存在を意識し、近付いて来た。「オイ、此の犬何だ。何処の犬だ。お前家の犬か」と次郎ちゃんのクラスメートに話し掛けた。その次郎ちゃんのクラスメートは然《さ》も大袈裟に汚い犬だなあ、何で風船付けて厚化粧している。お祭りの余興《よきょう》かよ、と〝ゲラゲラ〟笑いながら近付き、揺れる僕の風船にパンチを加えた。風船が反動し、傍にいた小学生の顔に命中。その小学生は顔を手で覆《おお》い、暫《しば》し屈《かが》み込んでいたが、その痛さを僕の方に向け攻撃して来た。最初は僕の頭を平手で軽く叩いていたが取り囲む連中に冷かされ、それで興奮《こうふん》し足で僕の体を小突き出した。僕も負けじと顔を持ち上げ、此の場の応対を考えたが、如何仕様《どうしよう》も無く唯為《な》されるが儘《まま》、この場を遣《や》り過《すご》すしか方法が浮かば無《な》い。其の内その小中学生達にも僕の化粧の悪戯書《いたずらが》きの悪行が理解出来たのか、皆して笑い出してしまった。俺達も此の犬に悪戯書きをしようと、次郎ちゃんのクラスメートの提案に皆笑いながら賛成し、僕を取り押える。僕も観念した様に見せ掛け踠《もが》かずその人達の隙を見付け出す事に専念した。此れ以上悪戯書きをされたら、僕の顔はお化けに成ってしまう。お母ちゃんに会わせる顔が無い。二・三人の小中学生に取り押えられながらも隙《すき》を窺《うかが》っていた僕に気付かず、小中学生達は押え付けていた手を放し、悪戯きに使用するマジックインクの選定に取り掛っていた。僕に向けられていた目が離れた一瞬に、僕は其処から抜出し、人込みの中に入り込み、其の場を後に太郎ちゃんや次郎ちゃんが居るべき広場へと向かった。

　境内の広場は参道と違い開けた場所で、少し走り回れば直に太郎ちゃんの存在が分かる。体を突《つき》飛ばされながらも勢い其処《そこ》に向かう。参道から境内広場に足を踏込んだ其の時、何処から「ミルキー」と呼ぶ太郎ちゃん・次郎ちゃんの声。人を押しのけ此方に向かって歩いて来る。僕は尻尾を振り振り二人を迎え、今までの経緯《いきさつ》を二人に話した。二人には次郎ちゃんのクラスメートの存在だけは理解してくれたが、僕が何《ど》の様に苛《いじ》められていたのか、理解できないでいる。だが目的は次郎ちゃんのクラスメートと会う事であり、お金を返して貰《もら》うべき処置である。三人して次郎ちゃんのクラスメートが屯《たむろ》う其の場所へと足を進めた。その場所は数軒手前から直《すぐ》に発見できた。小中学生が数人集まり、派手に立ち振舞っている御好み焼屋の屋台前である。太郎ちゃんを先頭に僕達三人が其の場所に到着した時に僕達より先に出会った人が既にいて、その人と話し合っている最中であった。近付いて聞入ると、次郎ちゃんのクラスメートのお母さんとお姉さんとで、次郎ちゃんのクラスメートを窘《たしな》めている。周りに居た小中学生達はその場にいたたまれ無くなり、次郎ちゃんのクラスメートに「御馳走様《ごちそうさま》、又奢《おご》ってくれよ」と念を押し別れて行く。その人達に笑顔を作りつつ、頭をペコペコ下げ見送る次郎ちゃんのクラスメートは、お母さんとお姉さんの前に立ち竦《すく》み、頭を掻《か》きながら返答に窮《きゅう》している。太郎ちゃんが足を進め、其のお母さんの横に立並び、次郎ちゃんのクラスメートに向かって手を差し出し、四時に返してくれるべきお金の催促をした。最初次郎ちゃんのクラスメートは吃驚《びっくり》し、借りた覚えなど無いと言張った。次郎ちゃんも傍に寄り、縁日に買い度い物があり、四時に返すとの約束であった。家にお使いの買物して帰るべきお金である旨を伝えた。それを聞いていたクラスメートのお母さんとお姉さんは、目をつり上げ怒り出してしまった。「貴方には今日お金を渡していません。今日の小遣いとして数日前に渡し、既に其のお金も無く、今日の朝方、私に借金を申込んでいたではありませんか。お金の使い方が荒いので今日は渡してないにも拘《かかわ》らず、先程のお友達に御馳走して居たではありませんか。そのお金は誰に貰った物ですか」とお母さんは強く問い詰めた。次郎ちゃんのクラスメートは頭を掻《か》き、べそを掻きながら後で返すから良いだろう、の捨て台詞を言ってその場から逃げてしまった。太郎ちゃんは其のお母さんにお使いして帰らねばならないお金で如《ど》何《う》しても今、如何しても今、返して貰わねばならない事を強く訴えた。そのお母さんは気の毒な顔をして、「御免なさい、我家の子供の為に苦労を掛けてしまった。後で強く小言を言って遣りますから勘弁して下さい」と貸したお金より余分なお金を差出し、頭まで下げて謝ってくれた。僕達もこれでやっと安心して帰る事ができる。其のお母さんとお姉さんに別れの挨拶を交わし、僕達は神社を出る事にした。

それにしても美しいお母さんとお姉さんである。見るからにお金持ちで、キチッとした風貌《ふうぼう》であるにも拘《かかわ》らず、次郎ちゃんのクラスメートの性格は、一体如何ゆう事なのか疑問が残る。

僕が考えるに自由民主々義の自由とは自由を尊重する思想、リベラリズムを前提に立てた人々が競争し、自分の生活を確保せよとゆう事であるが、夫々《それぞれ》が思い思い自分勝手に行動し、他人の自由を束縛し、決まりも無く、犠牲は付き物、落零れは見捨てれば良いのだろうか。国民の生活をより豊かにすべきリーダーを決める国会議員選挙があり、その人達が集まって決まりを作る。それが法律で、その法律を守らせるべき取り締りが警察権である。民主々義とは民主である国民が主体である事を確認し合ったもので、安全で文化的な生活をする権利も義務もある。それら価値観に立っての行動が自由民主々義である。人の生活は一定せず無常である。常に変化し流れる。生まれて来た以上は死がある。世間は川の水の様に常に流れている。次なる水に受継がれ流れるので永遠である。受継がれるべき物を拒絶し絶つ事が自殺であり、可哀想と思ってくれるであろう甘えからの自殺には、可哀想にと思ってくれる思いは後世に残らない。死とゆう結果だけである。自ら自身の存在を否定したに過ぎない。自殺により次なる人に受継がれる事が無くなったのである。自殺とは自然界の法則を否定した殺人である。自然の摂理に反する行動である。神の導きで人は自分の意志で生まれ出たものでは無い。白殺の本質は逃げであり消滅である。大切なのは生きる事であり、生きる為の姿勢であり、そこから生まれ出る希望や夢である。仲間を持つ事が威張るため、のさばるための手段でもあるが、決まりを作り、共に繁栄する為の結び付き手段として、社会生活を営むための物でなくてはならない。また僕は思いを走らせてしまった。

早く神社から出よう。出るにしても僕の顔は一体如何《どう》すれば良いのか。目の回りには墨の眼鏡《めがね》、鼻に口紅では様《さま》にならない。太郎ちゃんに「ワン、ワン」訴えてみた。太郎ちゃんは笑いながら其れを制止し、参道出口横の水道のある流し場へ僕を導き入れた。手足が洗える洗い場である。見ると石鹸が置いてあり、汚れを落すには好都合である。スポンジまでも置いてあり、それに石鹸を付けて擦《こす》り落せば何とか元の姿に戻るであろう。次郎ちゃんの呼掛けに従いまず邪魔になる風船を首から外して貰った。風船は次郎ちゃんの手から離れ、空に向かって揺ら揺ら上がって行く。何やら解放された風船は、微笑《ほほえ》んでいるかの様に手足を広げん許《ばか》りに大空に舞い上がる。その周りには何時来たのか雀が三羽、風船を囲み「チュッチュ、チュッチュ」戯《じゃ》れている。

一、朝もやに煌《きらめ》く日差し背に受けて挨拶交わす雀のお宿《やど》
二、照り付ける灼熱《しゃくねつ》日差し背に受けて飛交う森よ雀のお宿
三、帰り行く夕焼日差し背に受けて仲間が憩《いこ》う雀のお宿

僕の顔に水が流れ、石鹸を付けたスポンジが当てられ、「ゴシゴシ」落書洗い。汚れた箇所に集中してスポンジを当てる。次郎ちゃんは疲れたを連発する。そうであろ

う、面白くない事が疲れを誘発するもので、真剣に面白い事に没頭したならば、疲れなど後に余り残らない物である。僕に当てたスポンジは汚れた箇所以外に広げると、墨や口紅が顔一面に広がり、顔全体汚れる恐れがあるので、注意深く汚れた箇所に集中してスポンジが当てられる。スポンジを当て、擦《こす》っては水を流すうち、少しずつ汚れが取れ、何回目かには綺麗な顔に戻って、傍にいた太郎ちゃんも満足気である。「アー良かった」次郎ちゃんの安堵した顔に僕も安心して胸を撫で下ろす。ハンカチを出し、水を拭き取る太郎ちゃんにも疲れが滲《にじ》み出て微笑みにも無理がある。「さあ、お使いして帰ろうよ」と僕達三人は誰ともなく頷《うなず》き神社を後にした。

日中と違い暑さも大分弱まり、微風が体に当り心地好い気分に浸る。大通には未だお祭りの半纏《はんてん》を着た男女が歩いている。もう神輿も今日の仕事は終えたのであろう。寄合い場所前まで来た時、近所の親爺《おやじ》さん達が数人集まり、お酒を酌交《くみか》わしながらお喋りに興じているのが目に入った。その中にはお姉さん達もいて、共にお酒を酌交わしている。遠くからでは見分けが付け難い。男の様な半纏を着、捩じり鉢巻姿である。そのお姉さんが僕達を手招きし、呼止めた。手にはお菓子が握られ、美しい笑い顔である。神社での出来事も外の空気に触れ今は大分癒され、後はお母ちゃんに頼まれたお使いをして帰るだけの僕達である。多少の時間は許されるので其の誘いに応じ、寄合い場所に足を留めた。出迎えてくれた威勢の好いお姉さんの手から太郎ちゃんの手にお菓子が移され、椅子までも勧められた僕達は、そのお姉さんの横に座り込み、好い気持で酔っ払っている親爺《おやじ》さん達の話に聞入った。神輿の担《かつ》ぎ方の講習である。担《かつ》ぎ手が担ぎ棒を肩まで確り入れて揉《もみ》合いながら担ぐと、神輿が左右に揺れ剛健ではあるが、肩の皮が擦《す》り剥《む》けて明日は仕事にならぬ程腫れ上がり、一週間位は手が上に持ち上がらなくなる。お祭りも一年の行事である。皆で力を合せ一生懸命努力するから面白い物で余り疲れも感じられないが、面白く無い事を強制され、行なったら疲れも出て、良い結果は生まれない。面白い事の苦労は消化吸収され、好い対人関係も生まれる。お年寄りも未だ若者であった頃には苦しみが楽しみで、苦しみに挑戦する事自体面白かった。もう一度あの頃の自分に戻って、神輿を担いでみたいものだ。とお年寄り達の嘆きでもある。見回すと何《ど》の人も白髪頭の年寄りで神輿など担《かつ》がなくても、神輿が繰り出す道筋に沿い歩くだけでもへとーへとになり、座り込む年齢である。最近ではサラリーマンが多い所為か、その土地の若者が神輿を担ぐので無く、他の地域から人を呼寄せ担いで貰っている様で、此処にいる三人の女性も他からの応援であるとの事。道理で美しい顔の上には捩《ねじ》り鉢巻《はちまき》が格好良く結ばれ、半纏《はんてん》を羽織った出立はお祭りの雰囲気《ふんいき》を盛上げる。

「どうだい君達も一杯遣《や》らんか」と小さなコップにお酒を注いで、太郎ちゃんに勧めた親爺さんは、言葉使いもぎこちなく完全に酔《よ》っ払っている。傍に居たお姉さん達に

郵便はがき

料金受取人払郵便

新宿局承認

2523

差出有効期間
2025年3月
31日まで
(切手不要)

160-8791

141

東京都新宿区新宿1－10－1

(株)文芸社

愛読者カード係 行

お名前《ふりがな》		明治 大正 昭和 平成 年生 歳	
ご住所《ふりがな》	□□□-□□□□		性別 男・女
お電話番号	(書籍ご注文の際に必要です)	ご職業	
E-mail			
ご購読雑誌(複数可)		ご購読新聞 新聞	

最近読んでおもしろかった本や今後、とりあげてほしいテーマをお教えください。

ご自分の研究成果や経験、お考え等を出版してみたいというお気持ちはありますか。

ある　ない　内容・テーマ(　　)

現在完成した作品をお持ちですか。

ある　ない　ジャンル・原稿量(　　)

書　名				
お買上 書　店	都道 府県	市区 郡	書店名	書店
			ご購入日	年　　月　　日

本書をどこでお知りになりましたか?

1.書店店頭　2.知人にすすめられて　3.インターネット(サイト名　　　　)

4.DMハガキ　5.広告、記事を見て(新聞、雑誌名　　　　)

上の質問に関連して、ご購入の決め手となったのは?

1.タイトル　2.著者　3.内容　4.カバーデザイン　5.帯

その他ご自由にお書きください。

(　　　　)

本書についてのご意見、ご感想をお聞かせください。

①内容について

②カバー、タイトル、帯について

弊社Webサイトからもご意見、ご感想をお寄せいただけます。

ご協力ありがとうございました。

※お寄せいただいたご意見、ご感想は新聞広告等で匿名にて使わせていただくことがあります。

※お客様の個人情報は、小社からの連絡のみに使用します。社外に提供することは一切ありません。

■書籍のご注文は、お近くの書店または、ブックサービス(0120-29-9625)、セブンネットショッピング(http://7net.omni7.jp/)にお申し込み下さい。

支えられ、やっと元の席に戻って太郎ちゃんにお酒を勧める。僕はお酒は飲めませんと傍にいたお姉さんにコップを返し、お菓子を手の平から摘まみ、口に運びながらジュースならの要求である。返されたコップを持ちながらお姉さんは「此の犬お酒飲むかしら」と言いながら僕の口にお酒を注ぐ。僕は余り美味しくなかったが、綺麗なお姉さん達の勧めに従い、太郎ちゃんの身代りに其のコップの分だけは飲む事にした。僕は口に注がれ舌を「べろ・べろ」しながらもコップを空にしてしまった。口の中が苦いので甘いお菓子を次郎ちゃんから貰《もら》い、口の中に入れ、親爺さん達の方に顔を向けた。親爺さん達は御喋りに興じていた。生きる為には皆との結び付きが大切で、結び付きには規則が存在する。蟻や蜜蜂ですら習慣とか決まりがあり、それに従わなければ存続できない等難しい事を喋っている。風俗とか習慣は生きていく上での決りで、規則を設けて、それに信じて従う事から宗教も始まり、宗教の分化は風土や環境からくる価値観の相違で、物の見方、考え方に差が生じ、紛争にまで発展する様だけど、宗教の基本は総て民族の繁栄存続であり、発生源もアフリカ、中近東からインド付近であろう。南米ペルーのインカ文明との説もあるが何れにしても仲間同志の競争から分化したのではないのか。自然との調和が大切である等、お年寄りらしい発言が飛び交う。僕はお酒を飲んだ所為か頭がふらつき、お姉さんの足下に寄添う。お姉さんは僕の頭を撫でながらもう一杯お酒飲むかね君、と僕を冷かす。首を横に振って応対したら「ケラ・ケラ」笑いながら頭を撫でる。お姉さんも既に酔っ払っている。頭までは赤くなって居ないが、目が潤《うる》んで喋る言葉もハッキリしない。もうお酒を飲む気力も無いらしく、指で遊びながらお菓子を摘まんでいる。次郎ちゃんは親爺《おやじ》さん達の話に入り込み、「親爺さん達も散々苦労して来たでしょうが、僕だって毎日苦労の連続です。学校に行けば勉強、帰りには宿題、遊ぶ暇さえ無いよ。昔の人はそれ程勉強しなくても良かったのと違いますか」と冗談を言う。それに対して酔っ払い親爺《おやじ》さんは、今の人は本から学び取るが、昔は家庭生活の中から社会生活を学び取る。例《たと》えて他人に勝つ事は自分自身に勝つ事。建造物を立派に造り、仕事場として、その中での生活の安全を求めて、堅固とした建物を造るよりも、その中に住む人間を作る事の方が大切で、人間が建物の役目、砦と成るのだと僕達に小言めいた説教をする。自分勝手に勝抜く事に重きを置かず、色々な人達との調和が大切なのだよと口にお酒を注ぎながら好い気分でお喋りしている。僕達はお菓子も頂いた事だし、ジュースで喉の渇きも潤《うるお》したので、太郎ちゃんの掛け声と共にその場から立ち退く事にした。

もうお母ちゃんに頼まれたお使いをして帰らねばならぬ時間なのだ。道すがら先程頂《いただ》いたお菓子を手に取り出し、時々摘まんでいた次郎ちゃんだが、其の内、豆を空中高く投上げ、手を使わず直接口でキャッチして遊びながら食べ始めた。すると空高く飛んでいた鳩の群が急降下して、次郎ちゃんの目の前で羽撃き、手の中にある豆を食べさせろとせがみ、嘴《くちばし》を向ける。目で突っ突かん許りに纏《まと》り付き、恐怖を与える。怖くなった次郎ちゃんは、手の中にある豆を路上にぶちまけ駆出した。鳩は路上に降りて豆を摘まむ。平和の象徴の様に言われている鳩が丸で強盗集団である。空高く飛んでいた鳩が、上空で豆の存在を知る事が出来るとは相当目が良いのであろう。僕も恐ろしくなり、暫《しば》し路上の鳩の行動に見入っていたが、どう見ても優しいイメージと異《こと》なり獰猛《どうもう》果敢《かかん》な姿である。網を被《かぶ》せて焼鳥屋の店先に並べるに値する鳥である。次郎ちゃんに追い着いた僕達三人は、店が建並ぶ商店街へと足を踏み入れた。各お店は買物客でごった返し、威勢の好い八百屋のお兄さんの声がその辺り一面に響き渡る。この付近では日常の生活必需品が主で、デパートの様な高級品は扱わない店並みである。

コンビニもそうであるがスーパー等では、品物の一つにお金を支払う、度毎《たびごと》に品物に付いているバーコードで値段をチェック出来ると同時に、商いの在庫管理が即座に出来、集荷手配による供給がスムーズに行われる。販売時点情報（ポスシステム）管理システムを利用する。スーパーやコンビニでは大量仕入で値段を安くし、その店一軒で肉から魚、野菜まで買い求める事が出来る。旧来の個人経営者は後れをとる。またコンビニは会社組織で、その店だけで無く、系列会社組織にし、全てを統合して、大量仕入れ為される。高いビルにある自動販売機などは下の道路から在庫確認でき、不足分だけ台車に乗せ、補給するので手間が省ける。此れが時代と共に移り変わる姿なのだ。

また其れ其れの品物を、其れ其れの製造元から配達されたら、その店先に毎日、製造先ごとの車が止まる。他の事の交通妨害になり、益々交通渋滞を引起す原因となる。多くの製造元の品物を一ヶ所に集めて区分けし、各店には一台の車で仕入れを済ますコンビニの方が能率も良く、スムーズに行くのではないのか。そんな事を議論しながら僕達三人は八百屋の店先で、お母ちゃんから頼まれた野菜を買う。次は肉屋での買物である。「僕の夜食の肉かな」太郎ちゃんに聞いてみた。太郎ちゃんは笑いながら、でも多少威圧的「此れはミルキーの食べ物では無いの、でも多少の御裾分《おすそわけ》には与《あずか》るが」と。御飯にお味噌汁だけでも大変美味しいのである。

先程のお姉さんに飲まされたお酒が体全体に行渡り、足が思う様に先に進まずふらつく。此の頭がボケーとし、足がふらつく事が好いので御爺さん達はお酒を飲むのか。ジュースの様な甘さが無く、唯苦い味で、御腹の中が熱くなる飲み物であった。ふらつく足取りで太郎ちゃん、次郎ちゃんの後に従う僕だが、どうも何時もと違い機敏さが無い。

「ボコン」。前に歩いていた何処かの奥さんの買物籠が僕の頭に命中して、其の場にダウン。其れに気が付いた奥さんは「マアマア上手に転ぶ事」と言いながらゲラゲラ笑い去ってしまった。僕は頭を振りながら立ち上がろうとするが、体が言う事を利かない。其《そ》の儘《まま》道に寝ていたい様な気もする。太郎ちゃんも次郎ちゃんも僕に起った災難など気にもせず、どんどん歩いて行ってしまう。道行く人の中には僕の方を見て、怪我や病気にでも為《な》ったのかと心を寄せてくれる人もいるが、抱き起してくれる人もいない。大部分の人達は僕など構って入られない足取りで、さっさと行ってしまう。僕の不幸など構ってくれる人達などいない。自分の体は自分で守るしか方法が無いのだ。此の境遇に勝つ。自分に勝つ。そんな事を考えながら路上に寝転んでいると、お母さんに手を引かれたチビッ子が、僕の傍に来て、話し掛けて来た。「お腹痛いの、お薬は」と優しい言葉である。其のお母さんもチビッ子と共に心配して僕の傍に寄り、腰を曲げ、僕の頭に手を当て熱を計ってくれる。「多少熱がある様ね、風邪でも引いたのかな」と言って僕を抱き起してくれた。僕は蹌踉《よろ》ける足取りで立ち上がり、尻尾を振り振りお礼を言うと、そのお母さんとチビッ子は優しい眼差で「ああ良かった。もう駄目かと思った」と僕の体を撫《な》で、お家に帰りなさいと諭《さと》してくれた。僕もその積りなのだが、体がかったるくて足が思う様に進まない。でも、太郎ちゃん、次郎ちゃんの行くべき肉屋へと向かった。

途中道路脇《わき》に水道があり、洗面器に水が溜《たま》っている。綺麗な水である。お酒の入った胃袋を水で洗い流し、酒酔いを醒《さま》す事にした。水道脇に自動販売機の煙草が置いてある駄菓子屋さんの水道である。店先で、僕がヨタヨタ店の横の水道に向かうのを見ていた御婆さんが、僕の事を以前から知っていたのか「ミルキー、どうしたのよ、水飲みたいのか」と水道まで僕を導き入れ、洗面器の水を僕に宛がってくれた。舌でその水道水を嘗《な》めると何時もと違い、物凄く美味しく感じられ「ゴクゴク」喉が鳴る。冷たい水がお腹の中に入るのが好く分かる。此れ程水が美味しい物だと今まで思った事が無い、有難い水である。

水が無ければ生物は生存できない大切な物。身体全体乾涸《ひから》びないで居られるのも水の御陰である事を、今日ほど切実に思い知らされた事は無い。植物も水の働きによって根や茎から養分を吸上げる大切な物である。

文明の発生源は水より起こり、水の付近より文化が開かれた。技術が進み生活が便利に、そして精神面、物質面での生活が豊かで、毎日の生活が楽になる事の基礎は水より発生している。上下水道は文化遺産であり、僕の体も今一番必要としている物は水である。

あれほど洗面器にあった水が何時の間に、僕の喉《のど》を通ったのか瞬《また》く間に無くなってしまった。「ウイー」頭を持ち上げ、御婆さんの顔を見ると、「ニコニコ」しながら僕の傍に立って、僕の仕種を見ていてくれた。それにしても薄情な太郎ちゃん、次郎ちゃんである。僕の事を全《まった》く無視しての行動に腹が立つ。尻尾を振らし、御婆さんに挨拶をすると、駄菓子屋さんの御婆さんは「ミルキー、また来ていいよ」と声を掛けてくれた。水を飲んだせいか今までのかったるい身体も大部好くなり、足取りも軽やかに何時もの様に歩く事が出来る様になっている。其れにしても太郎ちゃん、次郎ちゃん達の冷たい仕打ちに家出でもと考えてみたが、住所不定での彷徨う自由奔放遣《ほんぽうや》りたい放題が可能で、幸福だと思うかも知れないが、帰る家が無いと寂しく不安なものだ。旅行などは、仲間と遊び、帰る予定があるから楽しいもので、幸福には仲間など気心が知れた心の拠所《よりどころ》が必要なのだ。早く太郎ちゃんや次郎ちゃんの下《もと》へ行かねばならない。少し早足で肉屋の方へ向かうと、二人が連れ立って此方へ向かって歩いて来る。「ミルキーお前何を遣《や》ってる。早く帰ろうよ」と僕を急がせる。今までの僕の状態も分からず一方的な発言である。でも二人の後に従い家の方へ足を向けた。時々二人が後ろを振向き、僕が側に居る事を確認しながら歩く、お酒など飲むから気持が悪くなったのだ。馬鹿だなあと、前の二人が会話をしている。なあんだ、僕の身体の異常に気が付いていたのか。それにしても助けて呉《く》れるどころか見捨てて行くとは薄情者である。どうやらお使いの時間が無くなるので、先にお使いを済ませてから、僕の元に戻る約束が二人で為されていたらしい。予定時間より大分遅くなったので、お母ちゃんが心配しているだろう。早く帰ろう。早足で我が家の数軒手前まで帰って来た所で、お隣の御婆ちゃんが猫のミケを胸に抱っこして散歩しているのに出会った。

早速太郎ちゃんは道路脇の雑草の中から、稲の様な物を数本引き抜いてミケの顔に向けた。エノコログサ、ネコジャラシである。ミケは戯《じゃ》れ付き喜ぶ。次郎ちゃんも負けじとネコジャラシをミケに向ける。隣の御婆ちゃんは抱っこしたミケが動き回るので収拾がつかず、「此れ、此れ」と言って僕達を窘《たしな》める。僕達は家に帰るのが益々遅くなるので、御婆ちゃんに挨拶を交わし家に向かった。

病気

　家に近づくにつれ足取りも重く、疲れが全身を被《おお》った。それを誤魔化すかの如く、勢いよく三人は只今を連呼した。家に帰った僕は庭に回り、暫く座り込み疲れを癒《いや》す事にしたが、疲れとは違った息苦しさを感じ、身を伏せた。何を食べたのだろう、胃に詰まっている物を吐いた。無性に吐いた。胃がむかつき、息が途切れ涙が出た。胸が上下に躍《おど》る。苦しい。此の儘《まま》呼吸が止まるのか、もう口から出る物は何もない。今は胃液でさえ出ない。それでも尚胸が躍る。息が途切れる。息苦しい、ただ重苦しい。重い大きな石が覆《おお》い被さる様な、身動きが取れない苦しさだ。病気は病んでいる個所が異常であるがため、その周りを取巻く正常な箇所とのコミュニケーションが執《と》れずに、痛さを感じ苦しむ。総ての機能が同時に悪くなれば、苦しまずに死に至る。人間は本能的に生きんがために生まれて来た。時計の歯車の如く、正常な状態では回り続け、それを止める異常な働きが発生すると病む。コミュニケーションが執れる筈がない。動と静の間に摩擦が生じ苦しむ。生命は活動であり、経験など、学習を基礎にした喜怒哀楽を感じる意識で在るまいか。自分の考え方に基づき、意志によって心臓や胃を活動させるのでは無い。命令せずとも勝手に運動する本能である。自殺とは自動車などの様に自分の意志に従い動かすのとは違う現象で、勝手に動き回る物を他からの圧力によって止めてしまう行為である。まず生きる事であり、そして立場に従うべきである。己《おのれ》の能力を知る事は対外的に自分の置かれている位置を知る事で、それを率《そっ》直に認め、自分に不足している補うべき物は勉強し、努力し、向上する事が立場に従う事である。まずは生きそして立場に従え。そして目的を持ち興味を持つ事が必要である。心を駆立てる思いが欲望である。生きる事は自然の掟《おきて》に従う行為である。天寿を全うする生き方が人生に処する態度である。生活をする上での楽しさ、請《こ》うあって欲しい欲望が国家の法律として有るべきで、衣食住は生存する手段である。欲望は、楽しみを求める行為でなければならない……。

吐気による胸が締付けられる思いの苦しさが、死と憂事柄《いうことがら》への考えを思い巡らしたのだろう。その内に僕は段々と意識が薄らぎ、音も色も無い、無情の世界に突入していった。

何時の間にか苦しさが消え、今まで苦しんでいた自分が嘘の様な、スーッと抵抗無く、好い眠りに溶け込んで行く。薄暗い場所で一人でいても、恐ろしさが微塵も感じられない安らぎと、安堵感さえ漂《ただよ》う平和な世界である。一人で居ても一人で無い。だけど周りには人影も無い。だが少しの不安も寂しさも感じられない不思議な場所に、目的も無く、何処へ向かっているのかも分からず唯彷徨《ただざまよ》う。その内、何処からともなく声が聞えてきた。「ミルキー、ミルキー」と呼ぶお母ちゃんの声の様である。何処から聞えるのだろうか、痛さ等微塵《などみじん》も感じられないが、頭を叩かれている様な気配が感じられ、周囲の薄暗さの中に時々明るい光が射し込め、周囲の状況がぼんやり浮上がってきた。コツコツ頭が響く。誰か僕の頭を叩いている。背中も摩っている。僕に意識が戻り反発力が生まれたのか、重苦しさが全身を覆い、胸の上下に息が鳴る。水が口に注ぎ込まれ、喉元《のどもと》に水が通る。周りが明るくなり「ザワザワ」と風の音、遠くで鳴く蝉《せみ》の声と共に「ミルキー」と呼ぶお母ちゃんの声が耳に飛込んできた。忙《せわ》しくなく泣きじゃくりながら僕の背中を摩るお母ちゃん。僕の息遣い以上に激しい息遣いに混じった「ミルキー、ミルキー」と叫《さけ》ぶお母ちゃんの声に、答えるべき僕の声は、苦しい息に遮《さえぎ》られ出す事ができない。薄目を開けると太郎ちゃん、次郎ちゃんとお母ちゃんの三人が僕の周りに座り込み、真剣な顔付きで僕を見入っている。僕は俯《うつぶ》せになり水を飲んだ。胸のむかつきも徐々に治《おさ》まり元気が戻ってきた。お母ちゃんが急に喜びを隠しきれない声で僕を呼んだ。今度は僕も大声できれいに答える事ができた。三人は心配から解放され胸を撫で下ろし、僕は病気の疲れから解放され、ゆったりと眠りに入った。

僕は歩いている。何処だろう、立派な木造の家々が建並ぶ道を歩いている。つつじの枝を垣根にして、道路との区画に利用している町並である。竹の柵にバラの蔓《つる》を利用した垣根もある住宅街である。そこに僕が自転車にでも乗っている様な速さで歩いている。足には抵抗が何も感じられない。何処《どこ》へ行くのか、目的は無い。此れから遊びに行くのか、家に帰るのか意識が無い。道に迷っている様な感じでもある。以前通った道の様な気もするが、何故そこにいるのか分からない。それでいて強迫感があり、それに左右されて行動している様でもある。以前道に迷い、何方《どっち》に行って良いのやら困った場所の様でもある。記憶を思い起すが、知ってる道でもあり、知らない道でもある。それでも前に進む事にし、只管《ひたすら》歩き歩き続けて二股道《ふたまたみち》に出た。道路脇《わき》にはお地蔵様が赤い洋服を着て道行く人の安全を願って立っている。雨が降り懸《か》からぬ様屋根があり、その横には青々と葉を付けた木が、お地蔵様の屋根を覆いガードしている。木の葉は落ちるが、近所のお年寄りの人達が掃除をし、食べ物までも供え、大切にお地蔵様を守っている。

何故此処にお地蔵様が在るのだろう。信仰による神社仏閣は以前その地に災《わざわ》いが起き、その災いが起きた場所に、其れを鎮《しず》めるために造られる物が多い。神仏は災いという事件が起き、神仏の存在を知ら示すという。人間は平穏が幸せであり、神仏の監《かん》護《ご》の基《もと》で無事で居られると信じられている。この場所にお地蔵様があるのは道行く人の平穏無事を願って祭られての存在なのだろう。

其処を通り過ぎ歩いていると、ぱっと前が広がり周囲一面の麦畑が現われた。夏の暑さにもめげずに根を張り、葉を拡げ、緑に敷詰《しきつ》められた麦の絨毯《じゅうたん》である。何時の間にか、僕の傍には太郎ちゃんと次郎ちゃんが現われ、網を持って蝶を追っ掛けている。紋白蝶である。蝶は羽をバタつかせ一生懸命に逃げ惑い、右に行ったり左に飛んだり忙《いそが》しい素振りを見せている。其の内美しい羽を靡《なび》かせ畑の中に入ってしまった。太郎ちゃんが其の畑の中に数歩踏込み、網を被せたが既に遅し、紋白蝶は緑の畑の上を悠々と羽を靡《なび》かせ飛んで行ってしまった。獲物を失った僕達はその蝶の後ろ姿を恨めし相《そう》に眺《なが》めながら、また新たな獲物を模索《もさく》する。今度はもっと大きい揚羽蝶《あげはちょう》が良いなと、独り言とも付かぬ次郎ちゃんの言葉である。畑と畑の間の道幅は意外と広く三メートル位は在るが、畦道《あぜ》と違い舗装されては無いが、自動車も通れる様に整備《せいび》されている。その道を三人で新たな獲物の探索に闊歩《かっぽ》する。頭の上の方から糞が落ちてきた。カラスが僕達の行動を監視して嫌がらせしたのだろう。畑の向こうに一際高くそびえ立つ松の木に住むカラスである。「カア、カア」の鳴き声だけで無く、赤ん坊の泣声なども真似て鳴く、悪戯カラスである。何時ぞや赤ん坊の声に釣られ、うろうろし、其の挙句、上から糞《ふん》を落された御婆さんもいたが、他人を騙《だま》して面白がる与太者の習性もある様である。悔しいからといって石など投付けると顔を覚えられ、其の仕返しが大変である。頭は突かれるわ、目の玉は狙われるわ、嘴《くちばし》に石を銜《くわ》え、頭の上から落し怪我を負わせる厄介《やっかい》な生き物である。何か良い行いもするのであろうが、見るからに悪者然とした風体である。そのカラスの糞は僕達の頭には当らず、野良仕事に出向く御爺さんの頭の上に落ち、顔の方に流れた。

「コラ」と見上げた御爺さんは、又お前かと怒鳴り声を発しながら首に掛けていた手拭《ぬぐ》いで頭と顔を拭き取り、手に持っている紐で結んだ麦藁《むぎわら》帽子を被り「ブッブッ」小言を言いながら畑の中に入ってしまった。畑の中には同じ様な麦藁帽子を被った案山《か》子《し》が〝へへのもへじ〟を風で揺さぶりながら御爺さんの来訪を歓んでいるかの様である。

昔は細長い竹竿に〝もち〟という粘着《ねんちゃく》性のある、チューインガムの様な物を駄菓子屋で買い求め、竹竿の先端十センチ位まで貼《は》り付けて、トンボ捕りをしたが、今では其の様な物は無く、網による獲物に尽きる。そのトンボが畑の中から此方に向かって飛んで来た。太郎ちゃんも次郎ちゃんも今度は逃がすまいと、網をトンボに見られぬ様、麦畑に沿って下に向け、腰を低くし身構える。だがトンボは何時まで待っても現われない。体を起し畑に見遣ると、トンボは途中で羽根を風に靡《なび》かせ、宙返り等して楽しんでいる。僕達の気持も知らず苛立《いらだ》たせているのだ。

トンボは羽根を持つ昆虫類の中では最も原始的な一群であるらしい。幼虫は「ヤゴ」と称され、淡水中生活の食肉性で成虫になるまで数回脱皮《だっぴ》し、成熟する。成虫はトンボと呼ばれ、害虫など他の昆虫を捕食し、益虫《えき》と称されている。各地でその呼称も異なるが、精霊《しょうりょう》トンボなど精霊祭の頃に多く現れ、御盆に結び付けて語られる赤トンボもいる。

畑の上で戯《たわむ》れているトンボは〝銀ヤンマ〟である。太郎ちゃんも次郎ちゃんも暫《しば》しそのトンボに見入っていたが、何時までたっても来ないトンボに愛想を尽《つ》かし、その場から離れて、又新たなる獲物求めに出発した。

僕も二人の後から遅れる事なく付従い歩く。随分と歩いた様である。何時の間にか一本松の所に来ていた。其の道端に三人で腰をおろし、暫し休息をとる事にした。虫籠の中には獲物なし、唯《ただ》雑草が数本入っているだけである。陽が強いからと、お母ちゃんが被せてくれた白い帽子を脱ぎ、松の木陰まで行き寝転がる事にした。風が吹抜け、快い気分に浸る。目を閉じていると恍惚《こうこつ》眠気を誘う。其の眠気を破ったのが蟬《せみ》の鳴き声である。雄は腹面に発音器を持ち鳴く。その声は金属的な、頭を劈《つんざ》く激しい鳴き声である。蟬の留まっている場所を発見したのは僕で、それを次郎ちゃんに教えてやったら靴を脱ぎ、一本松に登って行った。下で網を持ち、其の仕種《しぐさ》を見上げる太郎ちゃんには心配で、自分で登り度《た》い逸《はや》る心に気を揉《も》んで、次郎ちゃんに指図している。迷惑顔の次郎ちゃんは右手を木から放す事ができず、網を下から渡す太郎ちゃんを苛《いら》つかせている。何時までたっても蟬にまで届かずに蟬の様に木に止まり、動きが取れないでいる次郎ちゃんの体を網が被さる。蝉は周囲の異常に気付き、「オシッコ」をしっ掛け逃げてしまった。木に何時までしがみついていても仕方無い次郎ちゃんは、恐る恐る木から下りる事にしたが、登る時よりも難しいのであろうか、一歩一歩の仕種に随分と時間が掛る。歯を食縛り頑張ったのだろうが足を滑《すべ》らせ落下してしまった。「ドサッ」との音と同時に「ウウーン」と、唸《うな》り声が辺りに響く。蝉の鳴き声と比べて何と惨《みじ》めな音であろうか。

吃驚して体を捩《よじ》る。それと同時に僕の眠りも薄らぎ、意識が現実に戻り掛けたが、又うつらうつら眠っている内に思い出が甦《よみがえ》り又夢が襲ってきた。

何処だろう。高さ十五センチ位の雑草が辺り一面敷詰められ、丸でマットの上にいる様な僕達三人である。僕達だけでは無い。此の近所に住んでいる子供達が集まり夫々《それぞれ》思い思いの遊びに興《きょう》じている。相撲をする人。でんぐり返しをする人。手足を伸ばし棒の様になり、横にゴロゴロ転がり競う人達など、皆声を張上げ楽しんでいる。バッタも草の中を跳びはね、楽しんでいる様である。そのバッタを僕は追い廻しては、でんぐり返しを繰り返し、次郎ちゃんや太郎ちゃんを呼ぶ。太郎ちゃん達も思い思いに転げ回り楽しんでいる様である。以前は畑として立派に作物を作っていた場所であった此の地は、今は誰の土地所有に為っているので有ろうか。皆が生き生き楽しく遊んでいる。「ヨチヨチ歩き」の赤ん坊も此の場所なら怪我もせずにお母さんの手から離れ、自由に歩き廻る事も出来る。その赤ん坊もバッタを追っ掛け捕まえ様と真剣に挑戦しているのだが「ヨチヨチ歩き」では中々捕まえる事も出来ずに燥《はしゃ》ぎながら転げる。お母さんもさして心配せずに草の上で手足を伸ばし、ニコニコ笑って座っているだけ。マットの様な敷詰《しきつ》められた草原である。だが草と草を結び付け、足輪を作って歩いている人の足首に引っ掛かる様にした、アフリカ大陸等によくある獣を生け捕る様な仕掛《しか》けも偶《たま》にはあるのだ。悪戯《いたずら》っ子達の仕業であろう、その仕掛けに気を付けて僕はバッタを追う。

バッタは脚と翅《つばさ》とを擦り合わせ音を発する。それが鳴き声なのである。

その鳴き声が、凄《すご》く低音である。多くの種類は土中に産卵し、卵で越冬する。一ヵ年に一世代で終る運命である。一般に植物の葉を食べる稲の害虫でもある。イナゴなどは大群で空を飛び、遠隔の地に移動し、その地方の植物を食べ尽す害虫である。

僕はその跳《は》ねる後から飛付いているうちに、口先でバッタを捕まえる事が出来た。逃げぬ様、傷つけぬ様に大事に口先で押えている僕の仕種を傍で不思議そうに見ていた幼児は、僕の傍に来て盛んに話し掛けてきた。僕は捕まえた許りのそのバッタを幼児の小さな掌《てのひら》に載せて遣ったら「キャア・キャア」言いながら、お母さんの所へ見せに行く。僕はもう一度でんぐり返しをし、太郎ちゃんの後を追った。

僕は段々意識が薄らいで行く。眠りの中に居る自分が分かる。そして意識が薄らぎ、また思い出の様な夢が襲って来た。

此処は何処だろう。小さな神社があり、神社の正面には大きな鈴が二つ梁《はり》にぶら下げられ、その鈴から長い赤白の布が垂れ下がり、拝み来る人が、その布を振り、その大きな鈴を鳴らす仕掛けになっている。神社の周りには樫《かし》や椎《しい》、松などの木が数本立並び太陽の光を遮《さえぎ》り日陰を作っている。此処は地元の人に庚申様と呼び親しまれている場所である。木の葉と共に団栗《どんぐり》が落ち、小さな子供達の憩いの場所にもなっている。

団栗はブナ科の樫《かし》、椎《しい》、楢《なら》など果実の俗称で、果肉は胚乳では無く、養分を蓄えて肥厚《ひこう》した二枚の子葉である。デンプンの外にタンニンを含み、細長い椎《しい》の実は渋味と苦味《にがみ》のある白い実で、歯で殻《から》を破って子供達もお菓子の様に食べる事もある。

神社の前は広場になっていて、僕達が遊ぶのには都合が良い場所で、周囲には木々が神社の敷地を囲む様に立っている。此の神社の敷地は石垣で仕切られ、一般道よりも一段高い丘になっている。道路の向こう側には石の柵に囲まれた墓石が立並び、普段は柵の扉で仕切られ、中に入れない様に成っている場所もある。神社の丘から別の方角には正木が道路と隔て、柵の無い、普段誰もが出入り出来るお墓の敷地があり、その中では遣《や》ってはいけない事ではあるが隠れん坊等遊ぶ事もできる。

今、僕達は神社前の広場の木に登り、縄で枝と枝との間を通し編んで、そこに座ったり出来る鳥の巣の様な場所を木の比較的高い場所に作り、そこから一本の縄を地面に垂らして容易に登り降りを可能にし、地面に降りては又、木に登り、密林に住んでいた「ターザン」の様な遊びに興じている。縄にぶら下がり、大きく揺らし、隣の離れた木に移動する事もある。今も太郎ちゃんが縄にぶら下がり、振り子の様に振って別の離れた木に移動している最中である。だが其の縄が突然切れ「ドスン」と地面に尻餅をついてしまった。幸い怪我は無かったがズボンを少し破き、衣服に泥が付いてしまった。後から続く次郎ちゃんには縄も無く、そこから唯飛降り太郎ちゃんの所へ急遽駆寄り抱き起し、汚れたズボンを叩《たた》いている。僕もその傍《そば》で心配そうに太郎ちゃんを見ている。

　もう其の遊びは止めて、今度はお墓の中で隠《かく》れん坊して遊ぶ事にした。三人では少し無理があるがそれでも一人が鬼になり、残りの二人が思い思いの、鬼に見付からない場所を捜し隠れる。僕には鬼の役目が出来ないので、常に見付からぬ様に物陰に隠れるだけである。木の陰に隠れたり、石塔の後ろに隠れたり、鬼を遣り過しその後方を見付からぬ様付け、尾行したりもする。足音で鬼に感ずかれ、見付けられる場合もある。太郎ちゃんが鬼の役目で顔を両手で覆い、周囲の状況が見えない様にして、五十まで数えてからゲームの始まりである。まず僕が見付かり、次郎ちゃんの姿を捜すがなかなか見付け出す事が出来ないでいる。それ程広い場所でなく、その中で隠れるには限度がある。足音を忍ばせてその都度隠れ場所を移動しているのだろうか、隈無《くまな》く捜すが見付け出す事が出来ない。比較的大きな木の所まで来た太郎ちゃんは、突然その太い木の下に蹲《うずくま》り、辺りの様子を窺《うかが》い始めた。見付け出すべき鬼が隠《かく》れて付近を見回す。微かに「ダダッ」と短い足音がし、また静まり返る次郎ちゃんの隠れ方である。その音も段々と近くに聞えて来たので、大きな木に隠れながらも体を起し、その場に来るであろう次郎ちゃんを待つ。その傍に僕がいるのに気付いた太郎ちゃんが、今度は僕を遠ざけて猶もその木に身を寄せ、次郎ちゃんの来るのを隠れ待つが、近くまで来た次郎ちゃんが前から現れず、その太郎ちゃんの後ろに回り大きな声で「ワッ」と怒鳴った。太郎ちゃんが吃驚《びっくり》して慌《あわ》てて大木に頭を打ち付け、尻餅をついてしまった。ゲラゲラ笑いながら手を差伸べる次郎ちゃん。頭を摩りながら笑う太郎ちゃん。僕も直にその場所に行き三人で戯れ合う。其の場所に何時来たのか不思議であるがお母ちゃんが居て、お墓で遊ぶのは不可《いけな》いと叱《しか》っている。僕は段々と意識が薄らぎ、苦しくなり、亦、別の思い出の様な夢が襲って来た。

仕事が休みなのだろうか、お父ちゃんが何やら拵《こしら》えている。鋸で太い竹を切っている。長い竹である。洗濯物でも乾かす竹竿でも無い様で、竿の途中に足掛けを紐で縛り付け、足掛けが簡単に外れない様にしている。二本の竹に同じ様な足掛けを付けているのだ。何の為に、何に使用するのか分らない。だが僕もその傍で、その仕事振りを見ている。その竹は重い荷物でも上に載《の》せ担《かつ》いで歩ける太さだ。竹を二枚の板で挟《はさ》み三角形になる。それに足を掛けると地面から五十センチ位の高さになる。竹馬である。足がかりをつけた二本の竹に左右の足を掛けて乗り、上部を手で持って歩くもの
「次郎、竹馬が出来たぞ、乗ってみろ」と促された次郎ちゃんだが、何《ど》の様に乗って良い物やら手間取っている。それでお父ちゃんが手本を見せて乗る事にした。子供用に作ってあるので両手に其《そ》れ其《ぞ》れの竹を持ち、立てるとお父ちゃんの背の高さと竹馬の高さが同じである。地面から五十センチの高さの足掛けに乗るので、前のめりに屈む姿勢になる。右手に竹を持ち右足を乗せ、左手にも同じ様に足を乗せるべき体勢に入ったが、中々左足が地面から離れずにいる。タイミングが合わずに躊躇《ちゅうちょ》しているのだ。僕の頭でお父ちゃんのお尻を搗《か》ち上げ、早く乗って見せてくれる様急《せ》かせてみたら子供の頃の自分を思い出し、勇気を奮い、竹馬にやっとの事で乗っかる事が出来た。竹馬とはタイミングさえ合えば普通歩く様に互い違いに足を出せば良く、手で竹を握《にぎ》り締《し》め、歩く方向に竹を運び、それに足を合わせれば乗る事が出来るのだ。屈《こご》みながら竹馬に乗っていたお父ちゃんは、今度は次郎ちゃんに乗ってみる様手渡した。
次郎ちゃんの乗る番である。まず両手に竹を持ち、左足を竹の足掛け部分に乗せた。電信柱に付いている足掛けとは違い、竹竿の途中に下駄をくっつけた様な物だ。次に右足を右の竹の足掛けに乗せるのだが、中々タイミングが合わないでいる。両足が乗ると体が後ろに反返《そりかえ》りそうになる。それでも運動神経が発達している次郎ちゃんには

数回の失敗の後、上手に乗る事が出来た。地面を支点にして持った竹を十五度位前に倒せば足を乗せ易《やす》く、しかも乗った後に歩く事も簡単である。「ミルキー、サンダル持って後から付いて来てくれ」と言いながら次郎ちゃんは竹馬に乗りカツン、カツン歩いて行ってしまう。僕は慌《あわ》ててサンダルを銜《くわ》え後に続く。最初の内は小石などがあると、ぎごち無く今にも倒れそうになっていたが時間と共に上手になり、早足も出来る様になった。しかし下り坂には自信が無い様で、少しずつ細かく注意しながら歩いている。バランスを取って重心さえ確《しっか》りして居れば、その場所に留まって立っている事も可能である。下り坂の次は石段である。竹馬で其の石段を登る格好《かっこう》は見せたが怖《こわ》くなり、竹馬から降りて僕に持たせていた〝サンダル〟を履《は》き竹馬を担いで登って行ってしまった。石段の上は公園になっていて、小学生達が二組に分かれ野球をして楽しんでいる。ブランコや鉄棒もあり、砂場には幼稚園児《じ》が思い思いの創作活動に励んでいる。やっと追付いた僕に「ミルキー。お前も乗ってみろ」。次郎ちゃんの要求に、僕も竹馬乗りに挑戦した。次郎ちゃんの手助けで、両足を次郎ちゃんの足と共に足掛けに。前足は次郎ちゃんの腕《うで》に縋《すが》って、「イチニ、イチニ」と次郎ちゃんの掛け声に合せて二人乗りでの行進である。多少の石塊《いしころ》は問題なく通過したが地面に転がっているボールには避け切れずに転倒。僕は前方に一回転して立ったが、一緒に乗っていた次郎ちゃんは竹馬と共に、バッタリ前に倒れてしまった。幸いにも少しの擦傷《すりきず》で済ます事が出来ほっとした。それでも懲《こ》りずに次郎ちゃんは僕にサンダルを持たせ、亦竹馬に乗って歩き周り始めた。其の時サッカーボールが飛んで来て竹馬を直撃、「アッ」転倒《てんとう》。

僕は段々と苦しくなり、意識が薄らいで行く、そして亦思い出の様な夢が襲って来た。

「カチ・カチ」拍子木《ひょうしき》が鳴る。相撲の呼出しでは無い。今日も自転車の荷台に箱を乗せ、絵物語を聞かせてくれる紙芝居屋さんが来たのである。十ページ位の動かない絵を順に見せながら、その絵に合わせ、物語を説明する。今日の物語は江戸時代末期のお侍《さむらい》のちゃんばら物語である。黒装束に身を包み、力を持って悪者と戦う侍がいて、その周りには五人の悪者侍が同じ様に刀を持って黒装束《くろしょうぞく》を取囲む。その絵を見せながら紙芝居屋さんは、言葉巧《たく》みに説明する。その絵を捲《めく》ると新しい絵が出て来た。今度は五人の侍が斬られて倒れかかっている絵である。五人の悪者を黒覆面をした黒装束の侍が刀で切倒し、悪者を絶つ手段を抗じているのだ。しかし次に捲《めく》られた絵にはピストルを持った別の悪者侍が出てきて、その黒覆面の侍にピストルを向け撃ち、黒覆面は腕を押え蹌踉《よろ》けている絵である。「今日はここまで、この続きは明日です。明日来るから皆来てね」その紙芝居屋さんは皆に声を掛け、自転車で行ってしまった。先程の紙芝居屋さんから買い求めた、短い割箸《わりばし》に付いた水飴を手にした太郎ちゃんと次郎ちゃんが、その水飴を急ぎ食べ、途端に黒覆面の侍の真似をし、道路脇に有った棒を振回してのちゃんばらである。侍さんが刀を持って戦う物語を時代劇といい、剣道の様に打ち合う事をちゃんばらと言うらしい。二人共上手に打ち合って中々勝負が付かない。その内負けそうになった次郎ちゃんが逃げる。そうはさせまいと太郎ちゃんがその後を追う。僕もその二人の後を追ったか、余り急いで追い掛けたので石の塀に激突し転倒。幾ら立とうと試みても立てないで苦しんでいる僕が其処にいる。

「ウーン」唸《うな》る自分に目覚めた僕は段々意識が薄らぎ空虚に浸る。

生物は有性生殖の生殖細胞の接合によって細胞分裂を繰り返し成長するし、下等生物の配偶子による生殖等は自身の意志に関係無く法則に従って発展する自然現象で、人間の身体の心臓や胃の様に行動を意識して、ああしろ等、脳の指令無くして働く作用である。例えば蝉は七年間、地中で細胞分裂を繰り返しながら成虫し、地上に出てから一週間位で死に至る。それには蝉の意志が入り込まない。法則として自然現象として起きる作用である。袋詰めの穀物が密閉されたビニール袋の中から虫など突然と生命が発生する。そこには意志が働いていない。細胞分裂は本人の意志では左右する事のできない生命力で、物質が他から影響されなくとも発達する現象である。それに対して細胞分裂しなくなったものが死で、その状態で固まったものが物体である。細胞分裂するものが生物であり、本人の意志に関係なく発達するのだが、外部からの刺激に反応し、その細胞分裂を短くする事や止める事も可能である。自然現象は弱肉強食で環境に対する適応能力を問われるのである。感情や行動は脳による意志決定であり、過去の経験や学習を基本にして行われる判断の選択であり、脳が考え命令し行動する運動である。刺激に対して脳の反応で細胞分裂と同じく、意識せずとも反射的に自然に行われる現象もあり、脊椎《せきつい》動物にだけある脊髄で、脳とつながる中枢神経系の器官で脊柱の中にある長い管状のもの。知覚・運動・刺激の伝達・反射機能などをつかさどる。例えば塵《ごみ》が目に飛び込む事に対して瞼《まぶた》を瞑《つぶ》る様に、反射的に出て来る行動である。遺伝子の環境適応能力も学習が左右する。脳も細胞分裂により出来たもので、経験などの学習が蓄積される。その学習の仕方によっては自殺や人殺しは不自然ではなく、自然であり、当り前になる。生命とは存在の原動力であり細胞分裂である。その最良の方法として雄と雌による結合と、細胞分裂により発達があり、脳による思考や感情は、経験などの学習による蓄積された集合体が、外部の刺激に反応して進むべき色々の枝道の選択の結果としての現象であり、オン・オフを経て出てきた電子の移動の様なものである。間違った学習の仕方によっては自殺も殺人も不自然に感じられない現象で、何故生きているに対する答えは、細胞分裂による進歩だからである。生きているのは雄と雌の結合から出発した細胞の分裂があるからで、それは自然現象である。機器に磁石を組込み、オンとオフで色々な情報を植込むと、外部の刺激に対して反応する人間の脳の様な判断力を持つ。其の内にその機器自身の立場とか、なんで私は生きているのか模索するのであろう。人間の場合は日進月歩、その人間を構成している細胞が分裂して、進歩したり、新たな細胞が生まれて、古い細胞は脱落《だつらく》し流れ落ちるが、機器の場合にはそれ以上の前進も後退も無いでいる。しかし今後、情報量の蓄積と共に器具自体にも、意識せずとも学習能力が育つかもしれない。有機物の構成と腐敗は自体の結合や分解と外界に対する反応である。人間は何故生きて居るか考える事は、以前からの学習を振り返り、過去のデータを自問しているに過ぎない。自然の状態では勉《つと》めて努力せず、意識せずとも人間の身体を構成している各部分の細胞が分裂を為《な》し成長する。現在おかれている環境の適応性を見出し、より良くなる様学習し、より良い環境の適合性を生むよう努力も必要である。親が無くとも子供は育つの喩えがある様に、放って置けば要求に従い、自然に細胞分裂を為《な》し、環境の変化によって自ら生き長らえる道を模索するものが生き物なのだ。人間が学習し、色々の法律などの取決めをするのは、自然の要求に適《かな》った法則である。生き長らえる事への卒直な行動で、環境に順応する手段なのだ。

何故生きるも、生きているも、全《すべ》て掟《おきて》に従う事であるべきで、自らの行動で死に至らしめる事は自然法則に反する事で最も不可《ふか》な事。学習をし、自分の考えを確《しっか》り持つ事が自然の法則に適《かな》った良い行いと言える。どうでも良ければどうでも良い位置に、どうしても遣遂《やりと》げたく努力すれば助けも得られ成功するのである。年齢が若い頃の苦労はバネになる。その助勢《じょせい》のエネルギーに協力してくれるのが神様だろう。

「ウーン」唸《うな》る自分に目覚め、突然現実に戻された。全て夢の中の出来事である。身体全体汗が流れ、うなされていた様である。

　何でうなされ夢を見たのか。死とは異なる状態だと思うが、求めてないのに勝手な夢を見る。自然と自分との関係は何だろう。離れる事の出来ない関係にあるのであろうか。ボケーと考えるとも無く考えていると、お母ちゃんが「ミルキー」と呼びながら食事を持って来てくれた。僕の大好物の肉料理である。胃の調子も大分よくなった所為《せい》か、何時もの様に美味しく食べる事が出来た。頭を撫《な》でて様子を窺《うかが》うお母ちゃんに夢の話をすると、笑いながら聞いていたが、お母ちゃんも昔を懐かしむ様に僕に昔話を聞かせてくれた。子供の頃の缶蹴りの話である。

「一種の隠れん坊で、未だ小学校に入らない五歳頃の話である。近所の家の門の横に植木があり、隠れるには丁度良いので座り込み隠れていると、その家の奥さんがお使いから帰って来て、私の姿を見て吃驚《びっくり》して話し掛けてきた。『何遣ってんの、そんな所で。お腹でも痛くなったの、お薬飲ませて上げましょうか』と私に話し掛ける。『シーッ』と私は口元《もと》に指を立てて奥さんを制しても、奥さんには見当も付かぬ様子で微笑みを浮かべ話し掛ける。脅《おび》えた私の格好が可笑しいのか、『ゲラゲラ』笑い出してしまった。隠れているべき人が奥さんと話をしているので、鬼になった人は最も簡単に私を見付け出して、『みつけ』と呼んで置いて有るべき缶の方向へ飛んで行った。私も其《そ》の儘《まま》では鬼に捕まる事になるので、急いでその場所から飛出し、後を追う。鬼より先に到達し缶を蹴飛ばせば亦隠れる事が出来る。幸いにして缶の置いてある場所へ行ったら、缶が他の人に蹴飛ばされていた後なので、その場から素早く立去り、物陰に隠れる事にしたが足が竦んで走れない。それを近くで見ていた小学校六年生のお兄ちゃんが、飛んで来て私を背中に負ぶり、其の場から素早く立去って鬼に見付からない場所に、私と一緒に隠れてくれた。鬼は亦始めから皆を見付け出さなければならないので、悔《くや》しがり乍《なが》ら転がった缶を決められた位置に立て、『キョロ、キョロ』付近を見回す。鬼には見えないが直ぐ側の、家の塀に隠れて鬼の行動を見詰めている私達なのだ。鬼が向こうに駆けて行き、木の影に隠れていた人を見付け、素早く缶の上に足を置いた。その途端、お兄ちゃんが飛出したので鬼に見付かり、缶の上に足を置かれて捕まってしまった。私は元の場所の横にいて様子を窺《うかが》っていたら、次から次に見付けられ、缶の上に足を置かれ捕まり、最後には私一人に為ってしまった。そんな遊びもしたのよ。取決めは簡単なの。ルールとしては地面にチョークで缶の大きさに合わせ、丸く円を書き、その位置が缶の置場所で、じゃん拳《けん》で鬼を決め、鬼になった人は両手で目隠しをして十数秒の数を声を出し、読み上げてから目隠しを解いて鬼が逃げている人を見付け出す隠れん坊で、隠れている人が次々に見付かり、全員見付かったら、最初に見付け出された人が次の鬼になる遊びで、鬼は見付け出す度毎に缶の上に足を置かなければ、見付け捕まえた事にならない。例《たと》え見付かり、名前を呼ばれても、鬼より早く置いてある缶に到達し、その缶を蹴飛ばせば、見付かり捕まった事にならない許《ばか》りで無く、それより前に見付かり捕まった人は、解かれ又隠れる事が出来る。余り遠くへ逃げ、隠れてしまうと見付け出す事も困難で、既《すで》に見付け出された他の人が待っているのに中々その状態が続き、進展をみないので、置いてある缶を中心に数軒の周辺の範囲の遊びなのよ」と。僕はお母ちゃんの膝に乗っかり頷《うなず》き聞き入っていた。

お母ちゃんの缶蹴り話は猶《なお》も続いた。中学生に成ると此の遊びには加わらないが、小学生の高学年から幼稚園児に至るまで参加出来る遊びで、男も女もその遊びに混じる。慌《あわ》てて転ぶ人もいたが、大した怪我も無く楽しかった様である。三歳の女の子を負ぶって、皆の先頭に立って世話をしていた小学六年生の男の子もいた。今と違い、勉強は主に学校だけで、下校すると夜暗くなるまでが遊びである。自分の妹で無くとも背負って遊びに興じる事ができ、学校が休みともなると朝から夕方まで遊び耽《ふけ》るのが日課で、現在の様に勉強だ塾だと追捲《おいまく》られる事も無い。亦遊びながら種々の学習を得たのであろう。自分勝手な行動は皆から認められず、子供なりの規則もあり、従わないとボイコットされてしまう。年下の子供や女性など弱い者苛《いじ》めは、悪い行いである事を毎日の遊びの中で学び、学校での授業に無い勉強の場でもあるのだ。協調性を持って皆に協力し、皆が楽しくある様努力もする。小さな子供を持った母親等《など》も、近所の子供達と遊んでいると、安心して家事をする事ができ、大変喜ぶ。男女を問わず三歳位から遊びの仲間に入り込《こ》み、小学校六年生の指導の下《もと》に偏見の無い、皆との順応性に富んだ子供達が育つ。今では考えられない事である。缶蹴りと同じ様に能《よ》く追《お》い掛《か》けっこ遊びも遣《や》っていた様で、その遊びは駆け足の速さに左右されるので、小学三年生位から中学生位まで参加できる遊びで、中学生も夏休みの一日位は小学生に戻り、近所の子供達と遊び耽る事もあった様である。人数が多くないと面白く無い遊びで、缶蹴りはじゃん拳により勝ち負けを、それで二組に分かれ、勝組は逃げ専門である。缶を基準にして、その周りでの遊びであるが、それとは異なり周辺一キロメートル位にまで及《およ》ぶ遊びである。逃げ組を見つけ出し、追い掛け組は捕まえるが、身体にタッチする事が捕まえた事になり、捕まった者は速やかに出発点である基地に拘束され、その場所より外には出られない。しかし捕まらずに追い掛け組に身体をタッチされる事なく無事に基地に辿《たど》り着ければ、そこに捕まった人達を助け出す事が出来るのである。捕まった人達は、一箇所を起点に鎖状に手を繋《つな》ぎ、手を伸ばしている。その手に触れれば助け出した事になり又逃げる。人数の集団で逃げ集団で追い掛ける事もある。

見付け出しても身体にタッチしたら逃げ道を塞《ふさ》ぐ手段として、幾つかに分かれ挟《はさ》み撃《うち》で捕まえる。昔は近所に住む人の庭先を往来し塀までも乗越える事もあったが、その家の人に見付かれば注意されるが、それ程怒られず罪悪感もなかった。助けられても基地である敵の陣地の側《そば》に隠れていて、味方が沢山捕われるのを見計らい、隠れ場所から出て、鎖状に手を繋ぎ合わせた先頭の人の手先にタッチして助け出す。捕まえ組は助け出された人達を直には追い掛ける事が出来ず、五十ないし百の数を数えてからの後でないと、陣地から出発する事ができない。その間に足の速い人は遠くへ逃去る事も可能であるが、足の遅い年下の小学生などは、まず見付からぬ場所に身を隠し、捕まえ組を遣り過してから、逃げ隠れしながら基地より、より遠くへと逃げるが、男の子より女の子の方が足が遅いため途中で発見され、捕まる率が高い。見付かっても高い塀の上にいれば手が届かず、捕まる恐れが無いので、塀によじ登り、幅が十五センチ位の塀の上を歩く人もいる。下で捕まえ組が叫《さけ》ぼうが塀の上にいる以上捕まる事は無い。しかし追い掛け組も塀によじ登り、後から追い縋《すが》る。幅が十五センチ位のコンクリート塀である。年下の小学生には足が竦《すく》み、前に進めずそれで終りであるが、年上の中学生ともなると、塀の上を地面と同じ様に駆ける事が出来るので、塀の上での追い掛けっこが始まる。足を滑《すべ》らせたら転落し、怪我も為《す》るであろうが、途中で塀から飛降り、逃げるので怪我も無くゲームを続ける事が出来る。木に登ったり、工場の屋根まで登る人もいて、追う方も追われる方も自分自身の運動能力を充分出し切っての挑戦《ちょうせん》である。夕方になりゲームの終了を伝えるにしても、遠くまで足を運ばねばならない大掛りな遊びなのである。

お母ちゃんの話では女の子はその遊びより石蹴り・縄跳び等の遊びに夢中になった様で。

「石蹴りは二人か三人いれば出来るのよ、石蹴りだか石跳びだか忘れてしまったが、地面にチョークで五十センチ位の円を描く。最初は一つ、その次は接して横に二つ、その先に又円を一つ、それを幾段、書き連ねて一段目の円に其《そ》れ其《ぞ》れ自分の石を置き、じゃん拳で順番を決めてからゲームを始める。そんな遊びもあったのよ。一つの円の中に片足を、その先に接する二つ横に並んである円の中には、両方の足を置く。最後の円には横に二つ、そこまで到達したら身体を反転して出発点に戻るのだが、帰り掛けに自分の石を手に持って帰らねばならない。無事に帰り着いたなら次に、その先の二段目の円の中に石を投入れるが円の中に石が入らねばならない。石の入って居る円には足を踏入れてはならないし、石の入っていない円の中には必ず片足を踏み入れる事になっていて、失敗しなければ何回となくつづける事が出来る。ルールによっては一回毎に次の人の順番になるゲームもある。二段目、三段目と進むに従い、石の置いてある円の数が多くなり、足を入れる事が出来ずに、遠くから石の入ってない円の中にジャンプして足を置く。円から足が食《は》み出したらアウトである。

又、縄跳びはミルキーも此の間お母ちゃんと一緒に跳んでたので分かると思うが、縄の端を両手で持ち、縄を回転させ、足に引っ掛からない様に跳ぶ。手の回転と足のジャンプのタイミングが合わないと、足に絡み付くスポーツである。又同じ様な遊びであるが、ゴムを高く張り、そのゴム紐《ひも》を飛び越す。ゴム紐には接触せず飛び越す遊びもあるが、ゴムの弾力性を生かし片足の先端をゴムに掛け、地面近くにまで引下げて飛び越す方法もあるのだよ」

お母ちゃんの昔話は終りになったが、現在でも皆と仲好く出来る遊びであると確信した。

夕暮れ

何時も僕だけでは出歩かないが、気分が好くなった所為か夕暮道を風に誘われ公園に向かった。途中何処の犬だろう、睨《にら》み付け吠えてくる。僕は知らない振りをし、足早に歩いた。

何がいけないのか解らない。僕の体の二倍位ある、眉間《みけん》に傷のある真っ黒な犬が、僕に喧嘩を挑んできた。見るからに凶暴《きょうぼう》性のある、質《たち》の悪い犬である。飼主《かいぬし》に似《に》たのか、喧嘩をすれば勝っても負けても怪我はするし、以後何処で出会ってもしっくりいかず後味が悪い。

以前会った事もない。ただ擦《す》れ違い様僕は頭を垂《た》れた、其れが不可《いけな》いのか、まだ後から透《すき》を窺《うかが》い付けて来る。狭い路地を足速に曲り、猛烈《もうれつ》に走った。逃げた方が良い、ただ其れ丈《だけ》で走った。前には公園がある。その手前の道を曲り、後ろを振返り、暫く様子を窺《うかが》ったが黒い犬はいない。乱れた呼吸を整え公園へ向かって歩いた。強い太陽の光も弱まり、風も少しあるので清々しい気分に浸る。公園では白い犬と茶色の犬が戯《じゃ》れ合って遊んでいた。まだ小犬である。跳びはねては体当り、尻尾に戯れての絡み合いに暫《しば》しその場に立ち止まり、小犬の様を見物していたが、心がときめき、僕もその仲間に入れて貰う事にした。僕の方が体が大きいし勿論《もちろん》体力もある。同じ様な絡み合いなら、小犬には絶対勝目がないので気の毒。何か違う遊びを見付け出し、仲間に入り込まねばならない。併《しか》しその遊びにのめり込んでいる小犬達には今の遊びが最高で、それから外れた、違う遊び等考えてもいない。恐る恐る近付くと案《あん》の定《じょう》、小犬達が飛び付き絡《から》まってきた。二匹が同時に僕にぶつかり、尻尾に戯《じゃ》れ付く。小犬とはいえ油断すると取っちめられ袋叩きに遭《あ》い兼ねない。僕は手加減しての反撃に出たが、その効き目なく小犬達の攻撃に唯たじろぐ許《ばか》りである。先程の見立てとは大分違う腕白な小犬達である。手加減しての反撃では、僕の方が完全に遣《や》っ付けられてしまう。多少荒っぽく対応し、僕の態勢を整えなければならない。焦《あせ》れば焦《あせ》る程、体の自由が取れずに遣っ付けられ通しである。転機《てんき》を窺《うかが》いながらの応戦にも疲れが出始めた。小犬達に疲れは出ないのか、様子を探《さぐ》るが、チビの癖《くせ》して何処にそれ程の体力があるのか、威力が落ちる気配すら感じさせない。戯《じゃ》れているとはいえ、足や耳に噛み付く力は相当なもので、力一杯噛付いていないものの痛みを感じる。真逆《まさか》僕の方でも、それに合わせ噛付《かみつ》く訳にも行かず、体当りで突放し、寄せ付けない戦法を取る。矢っ張り小犬である。ぶつかり合うと僕に弾き飛ばされ、態勢を整えるには時間が掛《かか》り、二匹同時の攻撃には呼吸が合わず、小犬の方がたじろいで来た。少し余裕が出てきた僕は、今度は攻撃に移り、小犬に飛び付き絡む事にした。上に乗っかり転がし尻尾に戯れ付くと、小犬は今まで以上にはしゃぎ回り、僕に突進して来た。本当に疲れを知らない小犬達である。公園には散歩用の遊歩道と、その両側には歩道より一段高い所に芝生や花壇が在るが、その区画には鉄棒を円形にした柵を巡らし、立入りを禁止している。其処で小犬達の突進を躱《かわ》しながらその鉄柵をとび越し、芝生に入り込んだ。小犬達は僕の真似をし、その鉄柵を飛び越そうとしたが、その場で躊躇《ちゅうちょ》し、地面から五十センチ位の高さの鉄柵の下を通り抜け、息を切らして突進してきた。其処では思う存分に小犬を遣《や》っ付ける事ができた。激しく倒しても地面は芝生で覆われ、間違えても怪我する事を気遣う必要はないので、足を搦手《からめて》から上に覆《おお》い被《かぶ》さり胸元を頭で小突くと、小犬も息を切らせながらも其の防戦に懸命《けんめい》である。しかも片一方の小犬を捩《ね》じ伏《ふ》せると直に別の小犬が手助けし、僕の横っ腹を小さな体で体当りする。小さいながら相当に強い突進である。苦しくなり仰向けに引っ繰り返ると、一匹が僕の上に乗っかり、胸を掻揚《かきあ》げる。全身の力を振絞《しぼ》り突飛ばすと宙を描いて転落する。何度か同じ様な状態が続いたが、僕の方に疲れが出て突飛ばす事が困難になった。小犬とは雖《いえど》も上に乗られると重く感じる。しかも胸を掻揚《かきあ》げられる行動には息が詰《つま》る。下から二匹を抱え込み其の儘《まま》転がる。最初はゆっくりの回転であったが、数回繰り返している内に転がる速度にも速さが増し、僕自身の目が回る状態になった。それで初めて小犬達も僕の体から離れて天を仰ぎ大の字に寝転がった。僕も小犬の様に夕暮の空を仰いでいると、何処から来たのか赤トンボが気持好さそうに風に舞って飛んでいる。まるで寝転ぶ僕達を見守って飛んでいるかの様である。その儘《まま》仰向けの状態で暫《しば》しお喋《しゃべ》りをする事にした。

其の小犬達の生まれ育った所は海辺に近く、歩いて十分程度で海岸に辿《たど》り着く景色の良い場所で、朝夕となく散歩に出掛けた様である。沖合遠く海の彼方を眺《なが》め、その美しさと自然の偉大さに心を奪われ、波打ち際《ぎわ》に立っては海の向こうに思いを巡らした事もあった様である。太陽に反射して光り輝く波。見渡す限りの海。その上に乗っている様に小舟が浮ぶ。夏には海水浴の人達で満ち溢《あふ》れ、思い思いの出で立ちで海を楽しむ。海辺には海藻なども沖の方から流され、足に絡み付き、歩行を妨げる事もあるが、台風などの海を荒らす天候がなければ滅多に海辺に打ち寄せる事もなく普段は綺麗で、砂浜を掘れば貝なども出てくる。海辺は又砂地だけではない。岩場もあり、そこには蟹《かに》等が生息し、我々を楽しませてくれる。その岩場に釣糸を垂らし魚釣りをする人達もいるが、以前とは異なり釣上げる魚の量が少ない。沖合で網による捕獲が著しく、岸辺にまで魚が来ないのだろう。それでも岸辺に沿って浅瀬ではあるが、岩場の波の荒い所に糸を垂らし、鯛など釣上げる子供達もいたが地元の子供達である。人の踏込む事の出来ない入江では蛸壷《たこつぼ》など並べ、蛸の捕獲もしていたが、地元の漁民であろう。地引網などは煮干しになる様な稚魚が沢山《たくさん》捕れるが、その中で五〜六匹、十センチ前後の魚が引っ掛《かか》れば良い方で、もう日本近海には魚は生息しないのではなかろうか。海の潮の流れに沿って、泳ぐ魚を目当てに遠く外国まで船で追い掛け、捕獲するのが随一食卓に出る魚であろう。寿司俗《ねた》も、その内全《すべ》て外国からの輸入物になるのであろうか。養殖による寿司屋が暖簾《のれん》を守る時が来た様である。健康を維持する栄養素を得る魚も、種を蒔《ま》き刈取る漁法に変わりつつある様だと、年寄りの話。懐かしき昔をしばし思い愁《うれ》う年寄りの会話である。

僕にも記憶の一端に海辺の思い出があり、その小犬の話を聞いているうち風景を描き出す事ができる。以前僕も海辺の高台に立って、海の遠くを見詰める自分の姿を描き出す事ができるのだ。その小犬達は其の後、家の都合により、其処から引越し、今此の地に住んでいるとの事。皆と連立ち、誰一人として別れる事なく、此の地に臨《のぞ》んだ幸いな家族である。だけれども引越しの際には何時までも海辺で遊び、引越しの車に乗遅れ、其れに気が付いたお母さんが、途中下車して別の車で迎えに来てくれて、無事難を逃《のが》れる事が出来たとの事。苦労を知らぬ小犬を見ていると、此れから幾多の苦労に際して対応できるのか不安に駆られ、僕の考え方を、此の小犬達に聞かせる事にした。これを物体・精神・愛という。

「生き物も自然の前には為《な》す術《すべ》もなく弱い物である。自然と付き合い、生抜く事は容易なものではない。大昔、フランスの哲学者で物理学者パスカルが「人間は考える葦《あし》（水辺に自生する）である」と言って、全てを知っていることよりも一つの小さな愛の業の方がなお偉大であると説いた。これを物体・精神・愛という秩序の三段階と呼んだ。思考力は持っているが弱い生き物で、弱い物同志寄添《そ》い合い、考えを持ち寄り合わせる事に意義がある。考えるという長所を生かす可《べ》きであると。知は生命の泉なり（ソロモン）。目先《めさき》の成功や失敗でなく、長い一生を通しての目標を持ち、それに添って精一杯努力する事が生き甲斐《がい》である。僕も色々学習したが、覚える事は生きて行く上での手段で、其《それ》にはまず興味が無ければ入り込めないのである。色々な人々の人世を見聞きし、自分をその中に溶け込ませ、自分の立場に立って自分自身の夢を見付け、興味を見出す事から出発し、学習という訓練を通して身に付ける事が大切であると。小犬達には分らない所も沢山あると思うが、一生は自分自身との闘《たたか》いであり、若い内の失敗や挫折《ざせつ》は恐《こわ》がらずに経験として、学習として、身に付けるべきで、七転び八起きであるのだ」と話し聞かせた。

子犬達は僕の話に聞入っていたが、もう時間も遅くなったので家に帰る事にし、喉《のど》の渇《かわ》きを潤《うるお》す水道の方へと連立って歩いて行った。歩きながらも小犬達の質問が続いたので、先輩《せんぱい》としてもう一言注意を促《うなが》す話をした。忍耐とは希望を持つ技術である

（ヴォーヴナルグ）。

「暑い時には酷暑《こくしょ》の中で精一杯頑張り、寒い時は厳寒《げんかん》の中で力の限りを尽くす事こそが暑さ寒さを克服《こくふく》する事で、暑さ寒さを回避した事である。学校の教室など人前で良く顔を赤らめ恥ずかしがる人、それは自分自身に勉強不足があり不安な気持で、他人に格好良く思われたい。心の動きが動揺し起きる事で、自分以上の物を他人に評価されたい気持が強いからであるのだ」

それを聞いていた小犬達は大変喜んで水道の水を腹一杯飲込み、家路に向かった。又の再会を約束した僕も家に帰る事にした。

公園の出口まで来ると、何時もお婆さんに抱かれている隣の猫のミケが、血相変えて一目散に駆けて来た。先程公園に来る途中に出会って睨《にら》まれ恐くなって逃出した僕。眉間《みけん》に抉《えぐ》られた傷のある黒犬に追い掛けられての事である。如何しよう。一瞬立ち竦《すく》み植木の影に隠《かく》れ、ミケと黒犬を遣り過したがミケが心配で其《そ》の儘《まま》帰る事が出来ない。その後を追い僕も駆けた。ミケの行動は直線的で、追い掛ける側にしてみれば苦も無い易《やさ》しい追跡《ついせき》である。何故《なぜ》そこにミケが居るのか、何時《いつ》もは家の周りで遊ぶ程度で、公園まで足を運ぶ事は皆無であるのに。まして黒犬に追掛けられるとは、普通では考えられない事である。日も沈《しず》みかけ、辺《あた》りは薄暗い公園である。とにかくミケが黒犬の追跡を躱《かわ》し、逃げ延びる事を祈って、僕は後を追跡するが依然状態は変らず、追い掛けられている。此の儘《まま》ではミケの方が疲れてしまい追い付かれ、黒犬に噛付かれてしまう。大怪我は勿論、首筋を噛まれ振回されたら、如何《どう》なるだろう。考えると背筋が寒くなる思いに駆られる。ミケの走る速度が徐々にであるが落ちて来た。黒犬の追跡を躱《かわ》すには僕が黒犬の注目を引付け、ミケに向けた追跡を躱すしか方法が無い。逸《はや》る気持を抑えつつ気を引付けるべき対策を考えてみたが、黒犬の恐《こわ》さを思い起こすと、恐さが先に立ち、容易に実行に移す事が出来ないでいる。ミケの事を考えるともう時間が無い。直線的な追跡でも多少右側にカーブしたり、左側にぶれもしている。其処に横合から僕が突っ込み、注意を引付け、逃げれば良いのだ。僕は近道をして前方でミケと黒犬の追跡《ついせき》を捉える事が出来、その場に一目散に飛込んだ。ミケは木に登ろうとして足を滑《すべ》らせ、地面に墜落してしまい黒犬の攻撃《こうげき》に際《さい》し、身を縮め動けないでいる。幸いミケと黒犬の間に入り込む事が出来た僕だが、幸か不幸か黒犬は今度は僕に向かって突進《つきすす》んで来た。何処に住んでいる犬で、一体何を考えての行動なのだ。今度は僕が噛付《かみつ》かれる立場に立ったのだ。恐ろしい気持を押包み、猛烈に逃げた。鉄柵を越えたり、うっ蒼《そう》と茂った垣根の植木の中に身を閉籠《とじこも》り、追跡を躱《かわ》そうと試みても気を逸《そら》す事が出来ない。何かに憑《つ》かれた様に黒犬は追い掛けて来る。後ろを気にして走っていたら、前方に丸太ん棒が転がっていたのに気付かず、足を取られ転んでしまった。全身に恐怖《きょうふ》が走る。目が、歯並びが凄《すご》い。殺され兼ねない。そう思うと足が竦《すく》み、立ち上がる事が出来ず、その場に座り込んでしまった。見る間に追い付いた黒犬は僕の様子を窺《うかが》い、腰を低くし唸《うな》り始めた。喧嘩《けんか》の嫌いな僕は黒犬に刺激を与えぬ様、少しずつ腰を擡《もた》げながら逃場を捜《さが》し求めたが、黒犬から目を離したのが攻撃の合図となり、行き成り黒犬が飛込んで来て、僕の上に乗り、噛付《かみつ》いてきた。幾ら喧嘩が嫌いな僕とはいえ黙《だま》って噛付かれていたら大怪我になるし、死に至るかも知れぬ。言葉だけの犯罪なら良く、暴力はいけないという考え方の人もいるが、言葉だけでも被害者には生存権に支障を来す。まして犯罪を広める事は暴力も広めている事の外《ほか》でもない。言葉だけとはいえ犯罪であり、身体に傷を負わせる行為なのだ。黒犬が僕の首筋に顔を近づけた瞬間、僕にも恐怖とは別に、それを払除け様とする咄嗟《とっさ》の動きが生まれ、両足で黒犬の顔を下から全身の力で突上げた。黒犬はその勢いに飛ばされ、頭を地面に強く打据《うちす》え、暫《しば》しその場で体勢を整えていたが、僕がその場から逃出そうと立ち上がった瞬間、素早く僕の前に立塞《ふさ》がり亦も攻撃に臨み、頭越しに僕の首筋を狙《ねら》い噛付いて来た。咄嗟《とっさ》に僕は頭をもたげ、その攻撃から身を守りながら体全身で打ち噛《か》ましてみたが、少しよろける程度で全然ダメージが無い。反対に僕は黒犬の体当りに合い、その場に倒されてしまった。即座に黒犬は僕の体の上に乗り、亦も首筋目《め》掛《が》けて噛付いて来た。両足で蹴り上げ様と試《こころ》みたが、その両足共に噛付かれ、動きが取れない状態になってしまった。首筋を噛まれたら死ぬかも知れない恐怖にかられ、頭を矢鱈左右に振り、黒犬の攻撃を躱《かわ》すのがやっとの状態である。僕の頭が邪魔《じゃま》なのか黒犬の攻撃は少し遠退いたが、今度は胸や腕に噛付き、首筋に噛み付くべき様子を窺《うかが》い始めた。体を押え付けられての黒犬の攻撃に、僕の全身も段々力が抜けてきた。残る力を振り絞《しぼ》り頭を振ったが効果無く、黒犬の口先が喉《のど》に噛付《かぶりつ》いてきた。その瞬《しゅん》間《かん》黒犬の顔をミケが引掻《ひっか》いた。先程あんなに脅《おび》えていたミケが、どうして此処《ここ》にいるのか。僕の事が心配で逃げずに側で成行きを見守り加勢してくれたのだ。もう生きられず死に直行する寸前に、ミケによって一抹《いちまつ》の生きる望みを得た僕は、黒犬の足を力一杯噛んだ。予期せぬ反撃に、黒犬は僕の首筋から口を離し、顔を引掻いているミケに残っているもう片方の足で払除けた。体の小さいミケは二メートル位飛ばされ、その場に蹲《うずくま》り、暫し動かなくなっていたが、蹌踉《よろ》けながらも立ち上がり、様子を窺《うかが》う。黒犬は噛付かれている自分の足を振り払いたく、僕の耳を噛付き強引に引っ張った。黒犬の足に噛付いている僕の力よりも強引に引っ張る黒犬の力の方が強く、徐々に僕の頭が押し戻され、僕の耳が千切れる様な気配を感じ、黒犬に噛付いている足を離し頭をもたげた。その時である。「ミルキー何処《どこ》」と呼ぶお母ちゃんの声が直《す》ぐ近くから聞えて来た。でもそれに対する返事が出せない。もうすっかり全身の力が無くなりぐったりしていて声すら出ない。耳を噛付いていた黒犬は、傍で様子を窺《うかが》っているミケに睨《にら》みを利《き》かせていたが、異常なミケの態度に、僕の体の上からミケに向かって突進した。ミケは左に避《よ》け、逃げたが直ぐに捕まり、押え付けられてしまった。幾ら下から引掻《か》き攻撃《こうげき》を試《こころ》みても、黒犬に噛付《かみつ》かれるのは時間の問題である。お母ちゃんが大きな声で僕を呼んでいる。怪我をして返事が出せない僕は、声の聞える方向に体を引摺《ず》りながらでも力一杯お母ちゃんを呼んだ。周囲の雑音に掻消されたのか、お母ちゃんの声は道路に向かって遠ざかる。僕の返事を待っているかの様に。だが僕には既《すで》に余力も無く疲《つか》れ果て声も出ない。でも僕はお母ちゃんを呼び求め、叫び続けた。その声がお母ちゃんの耳に入ったのか、引返し、真直ぐ此方へ向かって歩いて来た。黒犬は押え付けたミケに覆《おお》い被《かぶ》さり、噛付こうとしている傍まで近づいて、それを見たお母ちゃんは思わず〝ギャー〟と声を発し、即座《そくざ》に黒犬に向かって石を投付け、傍《そば》にあった棒を拾い黒犬を叩《たた》いた。黒犬は一瞬身構えたが頭を強く打たれ、逃げて行ってしまった。ぐったりして身動きしないミケを、お母ちゃんは抱《だ》き上げ体を擦《さす》りながら家の方へと帰り掛けたが、前に倒れている僕を見て急に泣出し、ミルキーと叫んで駆寄《かけよ》りミケを傍に置き、僕の体を抱き起し、ハンカチで拭《ふ》いてくれた。僕は動けぬ体を、でも精一杯《せいいっぱい》奮《ふる》い起し、お母ちゃんに打付《ぶっ》けた。ミケは何の怪我《けが》もなく無事であったが、未だ体をブルブル揺らし脅えていた。僕は両足を噛まれ、耳と首にも怪我をしていたが、足の骨までは折《お》れて否《いな》かった。首から血が出ていたが、お母ちゃんがハンカチで拭《ふ》き取り、後で薬を付けてくれるという。お母ちゃんが来てくれたのでもう大丈夫である。動けなくなった僕とミケを抱っこしたお母ちゃんの温かな、柔《やわ》らかい胸に抱かれた僕とミケは、疲れた体をお母ちゃんに預《あず》け、込上げてくる幸いに酔痴《よいし》れた。お母ちゃんは涙を浮べながら僕とミケに話しかけた。「自分の能力には限界があり、立場に従わなければならない事を」

向こうからお父ちゃんと太郎ちゃん、次郎ちゃんが迎えに来た。空には星がキラキラ輝き、月の光で空を見上げたお母ちゃんの涙に濡れた、優しいにこやかな顔が浮んだ。

星空に、紅《くれない》染《そ》まる眼差《まなざし》の、
温《ぬく》もり溢《あふ》る、母《かあ》ちゃんの顔

あとがき1

人生行路

生物の本能は闘う事にあり、人間の身体を循環している血液には抗体《こうたい》があり、人間の意思に関係無く外敵に対して闘いを挑《いど》み防御する意志が働く。

家庭内暴力での対処は家族が暴力を振るう人に対して遣《や》りたい放題、ただ黙って遣《や》らせる行為では何時まで経っても直《なお》らず、却《かえ》って増長して家庭内の啀《いが》み合い殺し合いに発展する。買物は代金を払って品物や権利を自分のものにする。義務の自覚を促す教育があってこそ、家庭内暴力を起しているその人自身の自覚を呼込む。自覚を促す手段として罰則があり守られ、経験などの教育があってこそ、時間と共に鎮まり治まるのである。

僕は生活の道に対して種々考えてみる事にした。

反省《はんせい》は向上のステップである。環境の中から価値観が生まれ、自分自身の生活に結び付けて、効用の効果を推し測って値打が育つ。環境の中にあってこそ自分であり、自分の所在を明らかにし、他人にその所在を認めて貰《もら》い、自分の存在が認められてこそ自分の位置や立場が生まれ、行動が左右される。

　義務教育の教えと、社会生活とは必ずしも価値観が一致せずに、学校教育を一般社会の社会意識に当て嵌《は》めて、躊躇《ちゅうちょ》している学校出立ての青年が度々見掛けられる。一般概念では罪と罰とは一致せずに、罪を美化する傾向もある。罪を必要悪と考え、生活して行く過程で必要なものであり、衣食住を得る為の手段と考え、社会に貢献《こうけん》する事が大事であるが、企業は営利を目的に利潤追求を第一に考え、儲ける事が最大の目的で、その為には法律を無視する事も已《や》むを得ない風潮の上に生活が成立っている向きもある。共に利を得るので無く、自身の利益にたっての行動である。相手に好くて自分にも良い。一般社会の価値観に則っての利益追求の行動ならば理解出来るのだが。

　世間で良く聞く話だが需要に対しての供給であるが、需要と供給とは必ずしも一致せず。需要は上から押し付けられ、宣伝などを通して環境の中に取り込む。押売などの例もある。学校教育で得た教養そのものには価値観はあるが、一般社会のルールに従ってこそ価値観があるので、ルールから外れた教育には価値観があるとは考えられない。社会の進歩に役立つ為の教育には世間に波及すべき社会生活を豊かにする為の品物等、値段も安価で誰にでも手に入り易く、世間に普及し文化を高めるもので、しかも地球に優しく、間違っても地球破壊に繋《つな》がらない物、サービスや技術を提供し、社会生活に協力する行動であるべきで、総ての人が利用できる社会が文化である。社会と全く懸け離れての生活を為《な》す考え方は学校教育には無く、何《ど》の様な生活をすれば善いのかの教科書が無ければ行動の為《な》す術《すべ》も無い。学校教育を否定し、社会の進歩を否定するならば、従来からの考え方は無く、太古の原始時代から現在に至る生活様式を総て否定しなくてはならず、何《ど》の様な生活手段があるのか理解できなくなる。動植物の生活形態を含め、教育と由《ゆう》大多数の人々との結び付きが必要不可欠である。

よく聞く話で、教育の場では苦労苦難があるから進歩がある。苦労苦難を乗越えてこそ人間が磨かれると説く人もいるが、その苦難に負けて自殺する人もいる。自殺には苦しみから逃れる為ばかりでは無い、自分が居無くなったら喜ばれるであろう。又は悲しんでくれるであろう自殺もある。何故環境の中にあって其の様な立場に自分を追い込んだのか。人間は其の人自身の意志で生まれた訳《わけ》では無い。自然界の法則によって生まれ出た者であり、人間の意志で命を絶つ自殺は自然の法則に反する殺人者である。文化的な生活を為すべき権利と義務を否定し、自然の法則を否定した世間を騒がせる殺人者である。人間は幸《さいわ》いになる為に生まれてきた。幸いの尺度《しゃくど》はお金でない。幸いの尺度は人それ其《ぞ》れ、自分で尺度を見付けて生きる。

教育には安心・幸福を得ようとの教えの宗教もある。物事を考える土台になる尺度の基本が心の柱である。信仰は希望や夢を叶《かな》えて貰《もら》う為の心の柱である。希望する事が叶《かな》えられるとの信頼に立つ事が宗教活動を推し進める。

人間は生きるべきして発生し、必要として存在する。

存在する力が命で、人間としての進化は現存である。

生きるとは役に立って命を保つ事であり、生きて行く原動力は、その時々に対応する能力、知識が必要である。

性格は変えられないが、視点は変えられる。

気質の転機により性質変換するには、性格として環境に対して如何《いか》に心身が働くか、対応するのか、転機により転換する事である。

あとがき2

人間は食べ物だけでは生きられない。大気には酸素・水素・窒素などの元素や分子が作用し、分解、合成して物体が発生している。夏にある「シャリ・シャリ」のかき氷や「シャワ・シャワ」とサイダーの音を聞き情緒的に温度を感じる存在が人間の魂である。社会生活をする上で喜怒哀楽の感情を持ち、その感情に支配される。精神・知・情・意・思いやり・同情・愛情などが絡《から》み合い、生活しているのが人間である。

二〇二二年以降、人間の指示に基づき文章や画像を自動で生成する人工知能（AI）が登場した。企業は生産性向上にむけ、労働時間の削減計画、ソフトウェア作成の短縮など受け入れを進めている。人間の代わりを為《な》す人工知能は現行の健康保険証を原則廃止、マイナンバーカードと健康保険証を一体化した「マイナ保険証」の導入を決めている。しかしマイナンバーカードを使った独自のデジタル個人認証の相次ぐトラブルを受け、マイナ保険証を利用することに不安の声が高まった。他人の病歴にひも付けられ、病歴が他人に渡る。マイナンバーと公金受取口座のひも付けで、買い物に使えるポイント付与で取得を促したが、自分の情報は大丈夫かといった相談が寄せられた。

　カード利用は公共交通の利用や子育て支援と連携させようと先駆的な取り組みだが、企業には入力データがＡＩの学習に使われ、企業の情報の漏洩《ろうえい》につながる。著作権などを侵害する法律上の懸念もあり、生成ＡＩをソフトウェアやサービスに組み込んで引き起こす様々なリスク。ＡＩの仕様や犯罪目的の利用を防ぐ方策。フィッシング詐欺や兵器の製造など犯罪行為への生成ＡＩの悪用を懸念する声が寄せられた。

　データ入力の際、人工知能は人間が作る。犯罪に利用されない様な手段。データ取り入れ、各個人の識別を指紋など、その人個人の、だけのものを利用し、法律に触れるデータは開けない、利用できない様にする。

　地球に優しい技術開発だけにＡＩを向ける。

温室効果ガスの二酸化炭素などの削減に向けた取り組み、水素やアンモニアなどを燃料に利用した削減。

　太陽光と二酸化炭素（CO^2）を使ってプラスチック原料を作る人工光合成実証実験。水から分解した水素に二酸化炭素を反応させ化石燃料由来の脱炭素でプラスチック原料を作る。

　今後、人工知能の情報を使い、今まで考え付かない様な答えを引き出すなど考えられるが不安な気持が残ります。

著者プロフィール

岡部 邦夫（おかべ くにお）

1943（昭和18）年生まれ。
東京都出身、静岡県在住
学歴：工学院大学専修学校、その他、技術専門校
職歴：金属部品加工、自動車での配送

ミルキーの夏の思い出

2024年2月15日　初版第1刷発行

著　者　岡部 邦夫
発行者　瓜谷 綱延
発行所　株式会社文芸社
　〒160-0022　東京都新宿区新宿1－10－1
　電話　03-5369-3060（代表）
　　　　03-5369-2299（販売）

印　刷　株式会社文芸社
製本所　株式会社MOTOMURA

ISBN978-4-286-24875-2